最強アルファと発情しすぎる花嫁

Kazuya Nakahara
中原一也

CHARADE BUNKO

Illustration

奈良千春

CONTENTS

最強アルファと発情しすぎる花嫁 ―――― 7

あとがき ―――― 230

1

木漏れ日が降り注ぐ楓《かえで》の木陰。そこから見える一面の芝生が眩《まぶ》しかった。高い位置にある空は囀《さえず》るヒバリを吸い込んでしまったのか、声はすれど姿は見えない。秋バラのいい香りがした。春先に咲くそれとは違い、秋は色が濃く、香り高い。

生命力の湖に躰《からだ》を沈めている気分だった。コポコポと沈んでいくのに苦しさはなく、疲れた細胞もしぼみかけた細胞も命の水で満たされていく。これから生まれてくる赤ん坊みたいに。

五色《ごしき》は木陰の芝生に敷いたレジャーシートに寝そべっていた。手を広げたような葉が時折ひらりと舞い降りてくる。

『氷のまなざし』とも『挑発的』とも形容される瞳だが、閉じている今は、穏やかさすら漂わせていた。スッとした鼻筋は視線の強さが添えられていないと、冷たさより品性を見る者に感じさせる。多くを語らなかった唇は、昔ほどきつく閉じられていない。それは愛を囁《ささや》いてくる相手の熱い口づけがほぐしてくれたとも言えるし、小さな宝物たちの愛らしい姿にほどけたとも言える。

「あっ、ちくちくせいじんがきた！」

弾む声に、五色は顔をあげた。バスタオルマントを羽織ったユウキが、光の粒を弾けさせる芝生のほうに駆けていくのが見える。その先には人影。

「でたな！　ちくちくせいじん！　きょうこそたいじしてやる！」

悪役の登場としては最高のタイミングだ。見えない敵と戦っていた正義の味方にとって、またとない獲物に違いなかった。ただし、相手は手加減を知らない。ユウキの跳び蹴りはあっさりと躱《かわ》されてしまう。

「なんだその程度か？　世界征服の邪魔をする奴は許さんぞ！　かかってこい！」

「おれはまけん、とぉっ！」

「まだまだだなぁ。ほ〜ら！」

「うわ〜〜〜〜っ、はなせっ！　ちくちくせいじんめっ。おれのひっさつわざをかわすとはこしゃくなやつめ」

ユウキを小脇に抱えた矢内誠次《やないせいじ》が、顎を頭頂部へ擦りつけながらこちらへ歩いてくる。絵に描いたような無精髭《ぶしょうひげ》の刑事は、ユウキがどんなにもがこうとも放さない。

「段々生意気になるなぁ、こしゃくななんて言葉どこで覚えた？　幼稚園かぁ？」

「やめろっ、ちくちくする！」

「ユウキをはなせ！　おれさまのずつきをくらえ！」

目も髪もクリクリのアルが、頭から矢内に突進していった。矢内はいとも簡単にそれを受けとめ、左の小脇に抱える。

「うわ〰〰っ、つかまったぁ〰〰〰っ！」

「矢内さん、うちの子たちをおもちゃにするのやめてくれませんかね」

「おもちゃにされてるのはこっちだろうが。相変わらずここは賑《にぎ》やかだな」

「こんにちは、ちくちくのおじさん」

人見知りのヨウが、めずらしく自分から声をかけた。矢内は何度も屋敷に来ているため、さすがのヨウもすっかり懐いている。名が体を表すマルオは、おにぎりを片手に満面の笑みを浮かべていた。

「ちくちくせいじんのおじさん、こんにちは」

「おう、元気にしてたか？　おかっぱは相変わらず髪がつやつやで綺麗《きれい》だな。喰《く》いしん坊も元気そうだ。なんだ、そのおにぎりくれるのか？」

「えっと……半分でいい？」

気が進まないという顔のマルオに、矢内が笑い声をあげる。

「喰いものの恨みは怖いからな、やっぱり遠慮しとくよ」

「ねぇ、ちくちくのおじさん。アルをはなして」

アルと仲良しのタキが言うと、矢内は二人をあっさりと地面に下ろした。自由を手にした小さな正義の味方は再び攻撃を開始するが、七人の子供たちの中で一番精神年齢が高いメグに諭される。

「ふたりとも、おじさんをいじめちゃだめよ。せいせいどうどうは、いったいいちなんだからね」

「わかってるよ！　いくぞ、アル！」

「おう！　ちくちくせいじんをたおすくんれんだ！」

二人の悪ガキが駆けていくのを見て、メグは大きなため息をついた。このところ大人のように振る舞うことが増えたが、大好きなクマのぬいぐるみは今も肌身離さず抱っこしている。ツインテールが随分長くなってきた。そろそろ髪を切ってやらなければ。

「こんにちは、ちくちくせいじんのおじさん。おひげをそらないからあくやくばっかりさせられるのよ。パパみたいにきれいにしてればいいのに」

「お前はお姉さんだなぁ」言いながら矢内はレジャーシートに座り、ご機嫌のカナタを覗《のぞ》き込んでほっぺをつついた。

「こっちは相変わらずぷくぷくだ。姉ちゃんたちに世話されて幸せだよなぁ」

カナタは両手を伸ばしてキャッキャと笑い声をあげている。六人の兄弟たちがかわるがわる相手をしてくれるためか、人見知りもせず、夜もよく眠る。おかげで成長も早く、最近歩くようにもなった。ますます目が離せない。

ユウキたちの笑い声に触発されたのだろう。カナタが両手をついてよいせと立ちあがり、よろよろと歩きだす。

「ねぇ、ママ。カナタとあっちであそんでいい?」

「お靴履かせるんだぞ。あとママの目の届かないところには行かない」

「は〜い」

女の子三人がかりで靴を履かせ、メグたちはカナタを連れて正義の味方のところへ向かった。キャッキャと笑うカナタの声とユウキたちの勇ましい声が響いてくる。

「そんな顔するなよ」

「あなたが来る時って、ろくなことがないんですよね」

「残念だったな。今日は近くに来たから寄っただけだよ。旦那の件もあるしな」

矢内が旦那と呼ぶ男――黒瀬玲二《くろせれいじ》は軍にいる。大佐に昇進してからますます多忙になり、顔を合わせる時間がめっきり減った。凍てついた五色のまなざしを溶かしたただ一人の人物で、闇を抱えていた人でもあった。

五色が氷なら、黒瀬は深淵《しんえん》と言っていいだろう。

生まれた環境による影響は大きく、軍を私物化し、暴走させる父親や腹違いの兄のもとで何年も駒として働いてきた。だが、ただ傀儡《かいらい》となっていたわけではない。彼らの不正を暴く準備をしており、そのさなかに五色と出会った。

今は軍の暴走をとめるのに尽力した主要人物らとともに、再編成が行われた軍上層部にいる。

「旦那、また狙われたって？」

「ええ」

黒瀬の車に仕掛けられていた爆弾が爆発したと知ったのは、一ヶ月前のことだ。安否情報がまったく入ってこず、生きた心地がしなかった。

本人から連絡があったのは翌日の昼過ぎで、声を聞いた途端、殴りたくなった。目の前にいたら、そうしただろう。何度こんな気持ちを味わわなければならないのか。

考えると頭が痛いが、面倒な相手を愛してしまったのだから受け入れるしかない。

「何度目だ？　旦那が狙われるのは」

「今年に入って三度目です。俺が知ってるだけでですけど。もう慣れましたよ」

「見舞いも行かなかったんだろ？」

「ユウキも幼稚園に通ってるし、子供たちが普通に暮らせるようにしているんです。軍で起きたことを子供たちに悟られたくない。二人で決めたんです」

「なるほどね」

「父親が命を狙われる立場だなんて、あの子たちが知るには早すぎます」

普通に暮らしたい五色にとって、厳重な屋敷の警備も外出すれば必ずついてくる警護も重荷でしかない。しかし、子供たちの安全より優先されるものはなく、窮屈な暮らしの中できるだけそれらを感じさせないようにしている。

「そういやSクラスのオメガちゃんも、軍の研究に協力してるそうだな。いっそのこと軍に入ったらどうだ？」

「あなただってアルファなんだから、ベータ専門の捜査機関にいないで軍に入ればいいじゃないですか。アルファやオメガが関わる事件、最近また増えてるんですよ」

「前にも言ったろう？　俺には軍人なんて性に合わねぇんだよ」

「その割にいろいろ手伝わされるそうじゃないですか。裏で何かやってるんでしょ？」

矢内は軽く笑っただけだった。肯定と取るべきだろう。

その時、スマートフォンが鳴った。

『俺だ』

相変わらず愛想のない言い方だ。思わず笑みが漏れる。

「今、矢内さんが来てるんだ。この前のこと、心配してる」

『そうか。今夜は帰れそうだ。子供たちは？』

「元気だよ。カナタはそろそろ走りだしそうなくらいだ。みんなが相手してくれるから、どんどん成長するよ」

『兄弟に恵まれたな、カナタは』

カナタ以外の子は、五色との血の繋《つな》がりはない。黒瀬の腹違いの兄が、よそで作ってきた。しかも、全員母親が違う。因縁のある相手の子だが、養子縁組までして育てているのは、不要なオメガの子として実の父親に見捨てられたからだ。

特別な能力を持つ黒瀬とは、逆の立場にある。

けれども父親にその能力しか必要とされず、道具のように利用されてきた黒瀬も、ある意味見捨てられた子だったと言えるだろう。長い間、闇の中を生きてきた。

だからなのか、子供たちへの愛情は誰よりも深い。

そして、そんな黒瀬だからこそ、両親に見放されて孤独を抱えていた五色の心も緩やかに溶かされた。

「飯はどうする?」

『先に食べてろ。じゃあ』

そっけない言葉を最後に電話は切られてしまう。

愛している、なんて簡単には言わない。それでも耳元で聞かされる黒瀬の声に、五色は腹の奥が熱くなる気がした。不器用な愛を注ぎ続ける黒瀬が、いとおしい。早く会いたかった。

「顔が緩んでるぞ。軍の研究には旦那も参加してるんだろ? そこで会わないのか」

「貴重なサンプルは忙しいんですよ。会わないまま帰ってくることばかりです」

「しっかし、神様はなんでこんなけったいなオプションを俺たちにつけたんだろうなぁ」

仰向けに寝そべる矢内を見て、小さく嗤《わら》った。

けったいなもん——人間を分類するものに性別、国籍、人種などあるが、その中でも厄介の筆頭にあがるもの。第二の性。決して逃れられない。

いずれ子供たちも、それがもたらす問題と向き合うことになるだろう。自分や黒瀬のようなつらい思いだけは、絶対に味わわせたくない。

光の粒が降る景色の中で遊ぶ子供たちを見ながら、この時間が永遠に続いてくれないかと願った。

第二の性の存在を五色が知ったのは、六歳の頃だ。国民全員に義務づけられている血液検査で、アルファ、オメガ、ベータのどれに属するのか調査される。

ベータは第二の性によって受ける影響はほとんどなく、ABO血液型の分類と同程度の認識しかない。しかし、アルファとオメガは特殊だ。番《つがい》という、アルファがオメガの首の後ろを噛《か》むことで伴侶となる強い関係を結ぶのだが、その立場はかなり違う。

人口の二割ほどしかいないアルファはIQはもちろん、運動、気質などあらゆることに関して優れた能力を持つ生まれながらのエリートだ。政治家や官僚、医師、弁護士などの職業に就く者がほとんどで、世の中はアルファによって動かされていると言っても過言ではない。

オメガはさらに希少で一割ほどしかいないが、アルファとは逆で、大きなハンデを抱えている。一～三ヶ月に一度訪れる『発情《ヒート》』と呼ばれる現象が、彼らの日常生活を困難なものにしてきた。一回の発情期間は三日から一週間で断続的に発情する。ひとたびその状態になると、本人の意思とは関係なく番のいないアルファをフェロモンで誘惑し、アルファも性的に刺激されて理性を失う。動物のようにオメガを欲するのだ。オメガの『発情《ヒート》』に対し、アルファのこの状態を『発情《ラット》』と呼ぶ。

『発情《ラット》』状態のアルファは暴力的になるため、オメガにとって危険極まりない。普段オメガは発情を薬の服用でコントロールしているが、万全とは言えない体調に陥ることも多いうえに経済的負担も大きい。

さらに厄介なことに、アルファとオメガには『S』クラスの者がいる。それが、五色と番である黒瀬だ。

Sアルファである黒瀬は自らの意思でオメガを発情させることができ、オメガの発情には一切反応しない。唯一、黒瀬を動物的にするのはSオメガのフェロモンだけだ。逆にSオメガは、普通ならベータや番のいるアルファには効かないはずのフェロモンが彼らにまで影響し、誰彼構わず誘惑してしまう。それが届く範囲は通常の二～三倍はあると推測された。

アルファを産む確率においても、どちらかがSクラスだと格段にあがる。Sクラス同士の黒瀬と五色に至っては、現在確認されている中で最高の組み合わせと言っていいだろう。

また、突然変異で生まれるSアルファとは違い、Sオメガは血筋が関係するが、その存在は最近確認されたばかりだ。それだけに謎の部分も多く、五色も黒瀬と出会うまで自分がSオメガだという自覚はなかった。思春期に訪れるはずの発情期が来なかったため発情しないポンコツのオメガだと思っていたが、黒瀬と出会った瞬間、それまで眠っていたものが目を覚ました。躰の奥から湧きあがる劣情にどれほどの戸惑いを覚えただろうか。

あの時のことを思い出しただけで、躰が熱くなる。

二人の関係は『発情《ヒート》』と『発情《ラット》』による肉体的な繋がりから始まったと言えるが、今やそれ以上に心で繋がっている。襲ってきた困難が、二人や子供たちとの絆《きずな》をより深いものにした。

黒瀬の父親や腹違いの兄を含む上層部による軍の私物化を暴いた事件。『AAsA』を名乗るアルファ至上主義者たちの台頭。後者はまだ解決しておらず、政治家の中にも隠れていると言われており、黒瀬は現在、『AAsA』対策チームのトップにいる。

アルファを身籠もれるのはオメガだけで、優秀なアルファを欲しがる者たちは人権を無視してオメガの人身売買を行ったり、アルファを増やす目的でオメガに子供を産ませたりしている。『AAsA』はアルファ工場とも言える隔離施設を持っており、五色が拉致された際、そこを潰した。

それ以降、黒瀬率いる対策チームは全国にある同様の施設をいくつも摘発している。このところ黒瀬が命を狙われる事件が増えたのは、そのせいだろう。

これから先、どんな困難が待ち受けているのだろうかと思うと、五色はいっそう今の幸せを手放したくないと願わずにはいられないのだった。

濃密な夜に躰が溶けていく。

ほとんど使用していない来客用の部屋は、ベッドを中心に黒瀬の私物で溢《あふ》れていた。すでに『巣穴』と言うべき状態だ。都会のカラスが針金などのゴミで巣を作るように、ベッドにはあらゆるものが集められている。

黒瀬のワイシャツ。靴下、下着はもちろん、万年筆や黒瀬が使ったタオル、シェービングローションの瓶、歯ブラシ等々。一度でも触れたものは対象となるのか、レシートまである。いわゆる好きな相手のものを無意識に収集する『巣作り』というオメガ特有の習性で、このところより深刻化している。

以前はここまで溢れさせたりしなかった。シーツや枕、マットレスの下などに隠していたと気づき、その都度こっそりもとの場所に戻していた。

黒瀬のものを集めようとする本能と、集めていることを知られたくない理性の葛藤のせいか、いつの間にか自分の部屋ではなくこちらのベッドで巣作りをしていたのだ。それを見つけた時の驚きたるや。大量の黒瀬の私物を見て返すのも面倒になり、どうせならここで巣作りすればいいと開き直ったのがひと月前。

それ以降、子供たちが寝たあとのほんの少しの時間、ここでこうしている。

黒瀬の私物に埋もれた五色は、満足していた。無理をするからいけないのだ。欲望に抗わず素直になれば、楽になる。もっとも、黒瀬には隠しているのだが。

軍服の時にはめる白い手袋が目に入り、手を伸ばした。収集物の中で特に多いものの一つだ。ざっと確認できるだけでも十枚はある。なぜか利き手ばかりだ。おそらく、いくつも買い足しているだろう。

一枚手に取り、目の前にぶら提げてとまらない収集癖の証拠に眉根を寄せる。

「悪いか、え？　集めちゃ悪いか？」

誰もそんなことは言っていないのだが、恥ずかしさのあまりひとりごとを漏らした。

満たされた日常を送っているのに、黒瀬が足りない。

その時、黒瀬が帰ってきた音がした。慌てて部屋から出た五色は、足音を忍ばせていったん黒瀬の部屋を素通りする。階段のところでUターンし、音を立てないようほんの少しドアを開けた。

帰っている。

他人の着替えを覗くのは趣味ではないが、たった一人の例外が目の前にいた。声をかければいいのに、それができず息を殺してしまう。

軍服は長身の黒瀬の色香をこれ以上なく増幅させるアイテムだ。隙のない襟元は、その下に隠された男らしく張り出した喉仏を思い起こさせる。それがなめらかに上下するのは、何も飲食の時だけではない。

会話の最中など、ことあるごとに自分のより目立つ出っ張りに視線を奪われる。特に五色が仰向けの状態で視界に入ってくる時は、ひときわ大きく動くのが見えて欲望のスイッチを入れられるのだ。剃《そ》り残された髭が見えるほど近くから眺めるそれに、黒瀬の囁きを、荒っぽい息遣いを連想してしまう。

そして、目深に被った軍帽の鍔《つば》の下から覗く深い色の瞳。

初めて見下ろされた時は、圧倒的支配者の器と気品に、心臓を鷲摑《わしづか》みにされた気分だった。同時に孤独を滲《にじ》ませていたのを覚えている。けれども『深淵』と形容する者すらいた深い色の瞳は、熱情を迸《ほとばし》らせるほどに変化した。それを知ってしまった。

ゴクリ。

無意識に唾を呑《の》む。

大佐に昇進してからは激務が続いているはずだが、仕事の疲れなど感じさせない姿だった。数日前に屋敷を出る時に見たのと変わらない。

だが、撫《な》でつけた前髪がほんの一束、落ちていた。軍帽を取った時に崩れただけなのかもしれない。けれどもかろうじて見えた疲労の匂いが、五色の奥で眠っているものを揺り動かす。

眠ったままでいいのに。

どうしようもなく火照る躰を宥《なだ》めたいが、見ずにはいられない。

「何してる?」

黒瀬が短く言った。その姿に似合う、低く、艶のある声だ。

振り返ってもいないのに、鏡で見ていたわけでもないのに、なぜわかるのだ。恨めしい気持ちで、ドアを開けて中に入った。

「あ、え……っと、おかえり」

「ただいま。替えの軍帽がないんだが、知らないか」

知っている。巣の中だ。

「さぁな」

シラを切った。黒瀬は、それ以上追及してこない。けれども、本当は知っていることを知っている。これまで幾度となく交わした会話だ。五色が素直に自白できない性格だから、さりげなく聞いてくるのだ。そして五色は、あとでこっそり返す。

手袋や下着程度ならそのまま知らん顔してくれることが多いが、軍の支給品などはそうもいかないらしい。

こんな時、五色は砂糖菓子でも口にしたような気持ちになる。得意ではないのに、いざ甘みが舌に広がると悪くないと思ってしまう。それは躰に染みていって、疲れた心と躰の両方を癒やしてくれる。

「明日も早いのか?」

「ああ、子供たちが寝ている間に出かける」

「そっか」

「お前も起きなくていいぞ。あいつらの世話で大変だろう」

ふと見ると、時計の針は一時を回っていた。正確に時を刻むそれを、これほど憎らしく思ったことはない。もっと一緒にいたいのに。

交わす言葉が少ないほど、気持ちが溢れてくる。あと少し、あと少し。喉の渇きを潤す水を求めるように、黒瀬を欲してしまっていた。

「飯は?」

黒瀬が無言でツカツカと歩いてきたかと思うと、二の腕を摑まれる。

顔を傾けてくる黒瀬と目が合った。唇に視線を遣ると、微かに開いたその奥に、赤い舌先が見える。それだけで落ちた。もう駄目だ。抗えない。

俺もだ。

「お前が足りない」

そう口にできない自分に少しばかり苛立ちを感じながら、黒瀬の首に腕を回した。脇腹に手が添えられただけで、息があがる。

「んぁ……」

口づけだけでこれほど昂《たかぶ》るなんて、どこか壊れてしまったのかもしれない。

唇を開き、侵入してくる舌を受け入れた。確かめるようにねっとりと、歯列を、歯茎を、頬の内側を這《は》うそれに深く酔う。舌を吸われると、甘いため息が漏れた。

「なぁ、玲。あんた……いつ、寝てるんだ……？」

「俺はショートスリーパーなんだ」

答えになっていない。はぐらかされているとわかっているが、激務が続く黒瀬を心配しながらも、己の欲望を抑えきれなかった。

本来、オメガの発情は何にも勝る劣情を伴う。生まれ持った性質は理性を打ち砕き、相手が誰でも躰を開いて求めてしまうのだ。性欲のリミッターが外れたのではないかと思うほど、えげつない劣情が湧きあがり、動物的な衝動に突き動かされる。

発情を伴わない黒瀬との行為は、それとはまったく性質が異なる。けれども黒瀬が五色の心と躰に放つ炎のほうが何倍も厄介だった。

それは、ジワジワと煮つめられていくような感覚に似ている。水のようにサラリとした液体が濃縮され、密度を増していく。何もかもが濃い。麻薬でも打たれたように衝動的な欲望に支配されるのも相手が黒瀬なら悪くないが、本音を一つ一つ拾いあげていくようなやり方のほうが好きだ。

熱くとろける液体と化し、黒瀬と一つになる。

「子供たちの……顔、見なくて……、……はぁ……っ、いい、のか……、……っ」

いきなりの行為に心の準備ができていなかった五色は、そんな言葉で黒瀬の関心を逸らそうとした。焦がれるほど欲しているのに、いざその時が来ると逃げたくなる。

自分でもどうしてなのかわからず、いつも戸惑いの中で溺れていくだけだ。

「もう見てきたよ。ぐっすり寝てた。朝までお前は俺のものだ、春《あずま》」

「玲……っ」

こうなると、もうどこでも連れていってくれといった気分になる。まるで心地よい秋の風に連れ去られるようで、素直に心を委ねられる。

けれども着地するのは、爽やかな秋空が広がる場所とは似ても似つかない場所だ。

熱が躰に籠もっていた。細胞の一つ一つが、黒瀬に反応している。

白い開襟シャツの襟元から覗く男らしい鎖骨。そこに火傷の痕と深く切ったような傷があった。最後にこうした時にはなかったものだ。また狙われたのかと、現実を直視させられる。

『ＡＡｓＡ』は組織だが、思想そのものでもある。人それぞれ考え方がある以上、根絶するのは難しい。いつまで続くかわからない闘いに黒瀬が身を置いているのかと思うと、失いたくないという想いに突きあげられる。

「それ……いつの、……っ、傷、だ」

「気にするな」

「そんなこと……、できる、わけ……っ、——はぁ……っ」

怪我が気になるのに、それ以上言葉にならなかった。

いつのものか、どの程度のものか。どんな攻撃があったのか。

聞きたいことが山ほどあっても、つい快感に屈してしまう。黒瀬の唇を耳元に感じただけで、見えない力にねじ伏せられてしまう。

少しずつ獣じみていく黒瀬の息遣いと、衣擦れの音。

耳を澄まさなければ聞こえないほどだが、真夜中の静けさと二人の距離により増幅される。聴覚がそれで満たされ、世界に二人きりになった錯覚に陥った。

「うん、……んんっ、……んぅ……、ん、ん、……んぁ……っ」

唇がこれほど柔らかく、それでいて凶暴に振る舞うものだと、黒瀬に出会うまで知らなかった。その奥に潜む頑丈な歯が、意地悪な愛撫を仕掛けてくるのもよくない。ビクン、と躰が跳ねて耳が熱くなる。

それが痛みから来る反応ではなく、被虐的な悦びがあげる嬌声《きようせい》だからだ。

唇を、舌を、優しく愛撫され、震えるほどの快感に噎《むせ》び泣く。

顎を噛まれてまた大きく躰が跳ねた。

「——ぁ……っ！」

ゴクリと、無意識に唾を呑み、もう一度噛んでくれるのを待ってしまう。

唇は顎からえら骨の辺りに移動し、耳の下の柔肌を刺激してくる。ゾクゾクと甘い戦慄に腰が抜けそうだった。立っていられないが、両手で顔を摑まれ、耳元や首筋を愛撫されて唇をわななかせるしかなかった。

ギリギリのところまで追いつめられている。

足の幅すらない平均台を歩かされているみたいだ。

そのすぐ下には、透明度の高い湖が広がっていて、いつ落ちても優しく受けとめてくれる。甘い香りを漂わせるそれは、ひとくち含んだだけで二度と忘れられない甘美な酔いをもたらしてくれるだろう。

諦めて深く酔いしれればいいのに、どっぷりと浸かってしまうのが怖い。

「――ぁ……っ」

喉仏に歯を当てられて激しい目眩《めまい》を起こした。まだ下着すら脱がされていないのに、躰は熱を籠もらせている。

「うん……、んんっ、――んぅ」

再び唇を奪われたかと思うと、着衣のまま黒瀬の雄々しさを押しつけられた。あからさまに「欲しい」と主張され、常に冷静さを持ち合わせる男の本能を見せつけられる。

深く隠されているものを覗かされる時、驚きや戸惑いとともに、五色を支配する感情がある。自分がそれを向けられる唯一の存在であると実感し、悦びに包まれるのだ。

「はぁ……っ！」

シャツの上から胸の突起を指で弄りながら、もろ肌脱いで五色を求めてくる黒瀬に、すべて差し出していいという気持ちになった。

羞恥がどれほど五色を尻込みさせていても、いつも最後にはこうなる。

「ぁ……ッふ、……っく、――はぁ……っ」

艶やかな黒瀬の黒髪は、夜の闇のようだった。身も心も搦《から》めとられていく。捕まって、全身を包み込まれて、身動きを封じられる。呑まされるのは、蜜のような濃い時間だ。

その時、脇腹の傷に目がとまった。

こんなふうに昂っていても、ふいに見せられる現実。

お願いだから、このままでいてくれ。

失う日が来ないことを祈りながら、次第に興奮がそれを侵食していく。

祈りは黒瀬を抱く腕に切実さをもたらした。気づかれてはいけないと思いながらも、強く抱き締めていないと消えてしまいそうだ。

「俺は大丈夫だ」

「……っ！」

「そう簡単にくたばらない」

こうしていても、心に巣くう不安に気づくなんて――。

「嘘《うそ》……、言ったら、ぶっ殺すから、な……、――ぁ……っ！」

わかっている、と言うように、さらに愛撫は念入りになった。シャツをズボンから引き抜かれ、ボタンを次々と外される。

何も考えずに貪りたかったが、やめた。黒瀬の傷を目に焼きつける。

Sアルファという、アルファの中でも特別な存在。オメガの人権のために尽力した。今も危険の中に身を置くことをいとわず、オメガのために、五色のために、子供たちのために尽くしている。

その立場を利用すれば、いくらでもイイ思いができるというのに。

愛情を注がれずに育ったからこそ、誰よりも愛情深い。負の連鎖を断ち切るほどの強さが、黒瀬にはあった。だからこそ、こうしていられるのだ。

黒瀬への気持ちを一つ一つ読みあげて確かめるように、これまでのことを思い返す。

「ぁ……」

五色が全裸にひん剝かれるのと同時に、黒瀬が身につけていたものもすべて床の上だった。

まだ余裕を残しているようだったが、その実黒瀬も五色と同じ昂りに堕ちていたのかと思うと、ますます自分が窮地に立たされている気がした。

こんな時の黒瀬は、凶暴で歯止めが利かない。

アルファ特有の反り返ったものを見た瞬間、躰が熱で溶けだしそうだった。

羞恥なのか、欲しがる気持ちなのか。まるでわからない。

発情期でもないのに、五色の躰はその時が来たみたいに体液を溢れさせていた。

Sアルファは普通のアルファと違い、己の意思でオメガを発情させられるが、それとも違った。肉体的にスイッチを入れられるのではない。心のほうから熱を帯びていく。

「立った、まま……、……やるのかよ?」

「悪いか？」

「こんな……場所、で……っ、……はぁ……っ」

抗議したが、黒瀬は聞く耳を持たない。クローゼットの中に押し込まれた。黒瀬の軍服がいくつもかけられていて、その匂いに刺激される。

後ろから溢れた体液が、太股を、膝を、ふくらはぎをなぞるように伝い、くるぶしまで到達した。

こんなに濡《ぬ》らすなんて——。

はしたない自分に呆《あき》れながらも、黒瀬の軍服に囲まれて繋がるのは、黒瀬にまみれるのと同じだと感じる。

ストイックな匂い。黒瀬が軍服を着ている時に微かに鼻を掠《かす》めるのと同じ匂いだ。

普段は香る程度だが、ここには凝縮されたそれが狭い空間に閉じ込められている。

さらに、黒瀬本人から滲み出る体臭。フェロモンかもしれない。それらが絡み合い、溶け合って淫靡《いんび》な香気を漂わせている。

「——ぁ……っ」

尻を摑まれ、後ろの状態を悟られて躰を硬くした。互いの瞳の奥に宿る熱情を確かめるように、額と額をつき合わせる。

そうしながら指で後ろを探られる恥ずかしさといったら。

目を逸らしたいのに、羞恥心を悟られるのが嫌でそれすらできない。

「ぁう……っ、……っく」

あてがわれて、喉を鳴らした。

黒瀬のそれを呑み込むのは、楽ではなかった。こんなに濡らしているのに、黒瀬の中心は逞《たくま》しくて躰が壊れそうだ。

「どうした？　つらいか？」

「……っく」

久し振りに繋がることも、五色の躰を貞淑なものにしていた。

「狭いな」

「──っ、言う、な……っ、……ぁ……あ……っ」

ジワリと先端をねじ込まれ、喉の奥から苦痛とも悦びともつかぬ声が溢れ出た。左脚を抱えられ、右脚だけで立っている状態で、熱の塊が押し入ってくる。

その衝撃は筆舌に尽くしがたく、黒瀬にしがみついたまま身を差し出すだけだ。

「んぁ、あ、あ、……ぁ……あぁ……っ、──ぁぁあぁ……っ！」

黒瀬のものでいっぱいにされた瞬間、切実な声が零れた。

漲《みなぎ》る生命力を感じるほど強く脈打つそれは、中にいるだけで五色を狂わせた。下腹の奥──触れ合っている部分が熱くなり、それはジワジワと広がっていく。

黒瀬から媚薬《びやく》のような液体が染み出ているのではないかとすら思った。

「はぁ……っ、……玲、……玲……っ」

「つらいか?」

「――玲……っ」

名前を口にすることしかできない。許してくれと懇願しているのか、もっと欲しいと縋《すが》っているのか、自分でもわからなくなっていた。ただ一つはっきりしているのは、黒瀬を手放したくない気持ちだ。

「玲……っ、……れい」

「あずま……」

はぁ、と熱い吐息とともに漏らされた自分の名に、切なさが込みあげてくる。床を捉えていた右足すら、親指の先が触れているだけだ。より深く入ってきた黒瀬は、五色を内側から溶かすつもりなのかと問いたくなるほど、熱い。

「……ぁ……ぅん、……ん、ん、んんっ、……んぅ……っ」

自ら口づけを求めた。求めずにはいられなかった。傍若無人な舌に口内を蹂躙《じゅうりん》されているうちに、溺れたようになる。足りないのは酸素ではなく、黒瀬だ。

「んぁ……、んぁぁ……、……ッふ、……ぁ……ふ、……んぁ……っ」

「ベッドに……行くか?」

「……っ、こ、ここ、で……、ん……っく、……ぁう……っ」

「……ここがいいか？」

「ここ……、——ぁ……っ！　はぁ……っ、ぅん……ぁ……、……んんっ」

黒瀬の腰使いが逞しくなるほど、軍服をかけたハンガーがカシャカシャと音を立てた。あまりの激しさに一つが床に落ちるが、黒瀬は構わず五色を突きあげてくる。

シワになってしまう……、とかろうじて残る理性でそれを捉えながら、激しく責め立てられるのは、禁忌の味がしてよくない。

理性の塊のような黒瀬とその匂いに包まれながら、五色は浅ましさに溺れた。


濃密な時間のあとは、穏やかな空気で世界が満ちる。

あれからベッドに移動した二人は、獣のように貪り合った。肉体的な疲労とともに得たのは、充実感だ。

黒瀬は散々突きあげた相手を腕に抱き、寝顔を眺めていた。目を閉じていると、睫《まつげ》の長さが際立つ。今は瞼《まぶた》の下に隠れている瞳——出会った頃は、ナイフのような鋭さを持つ瞳で斬りつけられた。

凍りついていたそれは、今や雪解け水のような透明度をもって子供たちに向けられる。爽やかなせせらぎとともにどんな形にも変わる柔軟さを手に入れたそれは、五色そのものだった。黒瀬にも惜しみなく注がれる。

キンと冷えた川の水が春の日差しに温められてぬるんだかのように、光を乱反射させながら黒瀬を優しく包むのだ。

目許に唇を寄せ、そっと押し当てる。

「……愛している」

起きている時に言えばいいのに。

そうしたほうがいいとわかっていながら、いまだ満足に言葉を紡げない。そのもどかしさを解消するように、今日も本音を肉欲で隠してしまった。そしてひとたび求めると、歯止めが利かない。

子供たちの世話で疲れているとわかっているのに、いつもこうだ。求めずにはいられない。『発情《ラット》』状態にある時の衝動的な欲望とは違う、躰ではなく心から熱を帯びる欲望に抑制剤など存在しない。

ふと、窓の外に朝日の気配を感じた。眠っていたものが動きだす。あと三十分もすれば小鳥の囀りが聞こえるだろう。大きな庭木のある屋敷には、何種類もの鳥たちが集まってくる。

屋敷を出るまでに、あと二時間ほどあった。それまで抱いていたいが、五色の目覚ましがそろそろ鳴る頃だ。

朝食の準備をし、子供たちに食べさせて、ユウキを幼稚園に送り出すだろう。

黒瀬は目覚まし時計に手を伸ばした。スイッチを切り、五色の額にキスをして、こっそりとベッドから抜け出す。向かったのはキッチンだ。五色の代わりに朝食を作ろうとしたが、シンクの前に立ったところで動きがとまった。

何を作るべきなのか、黒瀬にはすぐに思いつかない。一緒にキッチンに立った時のことを思い出し、やめたほうがいいかもしれないと考え直す。

「パパ、なにしてるの？」

ドアの隙間からメグがこちらを覗いていた。おいでと手を差し伸べると、お気に入りのクマのぬいぐるみを抱いたまま駆けてくる。小さな躰を受けとめてギュッとした。

「起こしたか？　すまないな」

「ううん、ちがうの。たのしいゆめをみて、じぶんのわらいごえでおきちゃった」

破顔した。楽しい夢。黒瀬が子供の頃はそんなものは見なかった。夢も現実も鉄錆《さび》が染み出した水みたいに、不快な味しかしなかった。眉根を寄せずにはいられない日々に、それが当然となり、感覚が麻痺《まひ》していたあの頃。

自分の笑い声で目を覚ますほど、メグの日常は幸福で満ちている。五色のおかげだ。

腹違いの兄が捨てた子を幸せにしてやりたくて屋敷に連れてきたものの、仕事と子育ての両立とはほど遠かった。懐いてくる小さな子供たちを置いて仕事に出ることがほとんどで、いつも寂しい思いをさせていたとわかっている。

ベッドに戻って、五色を抱き締めながら「愛している」と言いたくなった。

「ねぇ、パパ。あさごはんつくるの？」

「そうだ」

「ママみたいにじょうずにできる？」

「さぁな。だが、ママを休ませたい。ママが喜ぶことをしたいんだ」

「パパって、とってもすてき」

そう言われる理由がわからずメグを見ていると、まっすぐな目で訴えられる。

「つよいひとはやさしいのよ。やさしくないひとはつよくてもにせもののつよさなの。だから、パパはほんものね。おいしくなくても、ママはよろこぶわ」

「そうか。じゃあ、こっそり朝食を作るのはいいことか」

「そうよ」

逆に嫌がられるかもしれないと考えていたところだっただけに、心強かった。

メグのような小さな子にアドバイスをしてもらわなければならないほど、黒瀬の恋愛スキルは低い。素直に教えを乞う。

「メグ。朝ご飯は何を作ったらいいと思う?」

「タコさんウインナー。おべんとうにもいれるのよ。みんながだいすきなの。メグがおしえてあげる。メグはまだほうちょうをつかっちゃだめだけど、ママのみてるからつくりかたはわかるわ」

冷蔵庫から赤いウインナーを出し、早速取りかかる。当然ながら悪戦苦闘した。

脚の部分は均等に切れ込みを入れるのだが、これが上手くいかない。コロコロコロコロとまな板の上を転がって逃げ、なかなか包丁を入れさせてくれない。銃の腕は軍でもトップクラスの黒瀬にとって、的に開けた穴に二発目を通すことより遥《はる》かに難しかった。銃で撃てばタコさんになってくれるなら、この小さなウインナーでも当ててみせるのだが。

「カニさんウインナーもつくる?」

カニまであるとは。

炒《いた》めている途中で脚がもげたり焦げたり。ブロッコリーは茹《ゆ》ですぎて口に入れると溶けるようにほどけてなくなった。味噌《みそ》汁はなぜか自分が作ると未知の食べもののようになる。汁はどこへ行った。眉間のシワは深くなるばかりだ。

諦めて卵を割ったところで、スマートフォンが鳴った。仕事の電話だ。菜箸を置き、メグの頭を撫でる。

「先生か。どんなです?」

このところ黒瀬を仕事に縛りつけているのは、新たな懸念だった。杞憂《きゆう》で終わればいいと思っていたが、どうやらそうもいかないらしい。

「そうですか。まだ収まらないですか」

詳細を聞いてますます気が重くなる。

なぜ、第二の性など存在するのか。

五色と出会うまでは考えもしなかったことだ。生まれた時から当然そこにあるものに、疑問など抱かない。だが、ありふれた幸せの味を知ってしまった今、以前は特権にも足枷《あしかせ》にも感じなかった能力を、つくづく厄介だと考えるようになった。

「パパ。なんのでんわ？　おしごとにいっちゃうの？」

「いいや、大丈夫だ。朝ご飯はちゃんと作るぞ」

電話を切り、何事もなかったように作業を再開する。

その時、廊下で物音がして五色が入ってきた。まだ少し眠そうに、けれども何をしているか察した途端、目が覚めたようで手元を覗き込んでくる。

「何やってんだ？」

言われて初めて、台所の惨状に気づいた。使った道具や野菜のクズ、卵の殻、食材の入っていた袋などが散乱している。

「朝飯を作ってるんだが」

ブロッコリーに手を伸ばす五色に、なぜ最悪のものをつまみ喰いするのかと問いたくなった。顔色を見て、お縄になった逃亡者の気持ちで次の言葉を待つ。

「どうやったらこんなにまずく作れるんだ。まずい飯選手権でも出るのか？　玲の家事能力の低さは世界一だよな」

能力の高さに賛辞を送られることはあれど、その低さをここまで揶揄《やゆ》されたことはなかった。五色と出会い、初めて経験することが多い。

「作り直すか？」

「まさか。玲が作ったんだ。今日の朝飯はいろんな意味で楽しいぞ」

笑いを堪えきれずといった顔で肩を震わせる五色を見て、愛しているとまた言いたくなった。どんなに抑え込んでも溢れてくる気持ちを、心に抱いているのだと……。

メグと目が合い、「いわなきゃだめよ」と威圧されて素直に従う。

「愛してる、春」

真剣に口にしたのに、料理の失敗を誤魔化そうとしたと思ったのか、軽く笑われた。けれどもすぐに「俺もだよ」と返ってくる。耳の後ろが少し赤らんでいるように見えた。

好きだ。愛している。放したくない。ずっと傍にいたい。

どんな言葉も気持ちを十分に表現できない。それがもどかしいが、この気持ちを抱えているのもまた幸せなのだと気づき、大事にしようと心に決める。

みんなとの生活を、自分の家族を、護り抜こうと。

いつの間にか窓の向こうの景色が変わっていた。楓の色づきがはっきりとわかるほど、太陽は高い位置にいる。眠っていた世界が動きだす。

窓の外に広がる朝日に照らされた世界を、自分たちの前に続く道と重ねた。

2

黒瀬が作ったひどい朝食に幸せを感じた翌週。シッターに子供たちを預けて軍の病院に来ていた五色は、朝から検査の連続だった。まだ昼過ぎなのに、疲れ果てている。

子育ても大変だが、疲労の種類が違った。

ここにいる医師や看護師のほとんどが番を持つアルファだ。オメガの発情には反応しないが、例外であるSオメガの五色がここで突然発情したらどうなるか。

そんな時のためにそれぞれが即効性の抑制剤を携帯していて、瞬時に発情を抑えられるが、それでも五色の精神的な負担がまったくないとは言えない。腹が満たされた猛獣と一緒にいるような気分だ。今は満足して毛繕いしているが、何かの拍子で目の前の獲物に興味を示すかもしれない。

普通のオメガなら番ができた時点でフェロモンが変質して他のアルファを惑わさなくなるが、五色はそれすら例外で、黒瀬という番を得た今でも危険と隣り合わせだ。

「お疲れ様です。今日の検査はこれで終わりです」

「こちらこそ、お疲れ様でした」

「大佐がお見えですよ」

担当医に言われ、どんな顔をしていいかわからず答えにつまった。そうですか、とでも言えばいいのに、そんな簡単な言葉すら出ない。

「お会いになります?」

「そうですね」

その性格を知ってか、さりげなく促してくれた。こんな時、五色は自分がまだガキだと反省する。黒瀬の前でもそうだ。素直になれないことのほうが多い。

しばらく廊下を行くと、親しい人の背中を見つけて歩調を速めた。

年齢は七十を超えるくらいだが、老人とは思えないがっしりとした躰つきで、背筋もピンと伸びている。医師だが、見た目は格闘家に近い。

「武田《たけだ》先生っ」

ここにいるはずのない男に声をかけると、武田は足をとめて振り返った。

「おお、偶然だな」

「どうしたんですか、こんなところで」

「まぁ、いろいろあってな」

「だんごの腹は調子よくなりました?」

武田が飼っている猫のことだ。最後に会った時、腹をくだしていると聞いた。随分と高齢になってきたため、今は漢方を飲ませているという。

「いい調子だよ。ハナビラタケが効いてきたようでな、以前より毛艶もよくなった」

「それはよかったです」

武田は五色が黒瀬と出会う前、雇ってくれた人だ。

自分を発情しないオメガだと思い込んだ五色が、居場所をなくして家出した時に拾ってくれた。オメガのために診療所を構え、良心的な金額で診察している。発情を抑制する漢方を扱っていて個人に合わせて処方しているのだが、躰への負担も少なく、訪れるオメガは多い。

五色は、診療所の裏にある薬局で働いていた。薬局というよりショットバーのような造りで、飴色《あめいろ》に磨きあげられた床や年季を感じさせる道具に囲まれていた頃が懐かしい。処方箋どおりに調剤するのが五色の仕事だったが、他にも店の掃除や武田のチェスの相手など、役割は多かった。黒瀬と出会うまでは、あそこがたった一つの五色の居場所だった。

武田はベータだがアルファ並みの能力を持ち、五色が働いていた頃、国から何度も誘われている。幾度となく軍医にならないかと要請の手紙が来ていたのに、開封すらせずゴミ箱に捨てていた男が、なぜ軍の病院にいるのか。

「実はな、軍に協力することになってな」

「どういう風の吹き回しです？」

何か特別な事情でもあるのかと聞くと、武田の視線が自分を素通りしたのがわかった。振り返ると、黒瀬が立っている。

「……玲」

先週あれほど愛し合ったのが嘘のように、黒瀬は完璧なまでにクールだった。軍服という鎧《よろい》で固められると、より強固な印象になる。だからこそ、その奥に隠された色香を感じずにはいられないのだが。

「ちょうどよかった、春。呼びに行くところだった」

「俺を？」

こっちだ、と顎をしゃくられ、武田とともについていく。武田は何か知っているらしく、険しい顔をしている。

「何かあったんですか？」

「より信頼できる者から聞いたほうがいいだろう」

「武田先生のことは信頼してますよ」

「より、と言っただろう」

当然のように言われ、ツカツカと歩いていく黒瀬を見た。広い背中。伸びた背筋は禁欲的で、感情に流されず的確な判断ができる男だという安心感がある。これまでの実績も加味すると、惚《ほ》れた欲目でないのは確かだ。

けれどもまた厄介なことが起きるのかと思うと、表情が曇る。これから聞かされるのがよくないことなのは明らかだ。和紙に落とした墨汁のように、たった一滴のそれがジワジワと広がっていくのを為す術もなく見ているのは、もどかしい。

多くは望んでいないはずだ。

子供たちと、黒瀬と、ごくありふれた日常を送るだけでいい。望まぬ特別な能力を持って生まれた人間には、それすら叶《かな》わぬ夢とでもいうのだろうか。

長い廊下を進んだ先に、厳重なセキュリティで護られている場所があった。ＩＤを読ませ、虹彩認証でロックを解除する。さらに廊下を歩いていき、ドアを開けて中に促された。

「大佐、本当にいいんだな？」

「隠すほうがよくないと言ったのは先生です」

黒瀬と武田の距離感がこれまでとは違った。自分の知らないところで何が進行しているのか、ますます身構えてしまう。

中は警察署の取調室のように壁に大きな窓が取りつけられていて隣の部屋が一望できる。おそらく向こうからこちら側は見えない。

隣の部屋は病室らしく、壁も床も白で統一されていた。

ベッドの上に青年が横たわっているが、様子がおかしい。躰をくの字に折り曲げたまま、何かに耐えるように荒い呼吸でシーツをきつく摑んでいる。

「あれってもしかして」

「ああ、発情だ」

黒瀬の冷静さが、緊迫した空気をより張りつめたものにした。加えて、白々とした病室の無機質さが、青年が一人悶《もだ》えている状況の異様さを際立たせている。

「どうして抑制剤を打ってやらないんですか？」

軍のアルファが携帯しているのと同様、オメガにも注射で発情を抑えられる抑制剤がある。普段服用している薬に比べて躰への負担はかなり大きいが即効性があり、彼にも有効なはずだった。

「打ってるんだよ」

武田の険しい表情に、心臓が嫌な鼓動を刻んだ。

「通常の発情とは違う」

黒瀬を見ると、その視線は発情している青年をまっすぐに捉えていた。横顔に表れた懸念が、よくない事態が起きていると示唆している。

「通常の発情じゃないって、どういうことだよ？」

「ウイルスだ」

「ウイルス？」

「ああ、オメガしか感染しない。感染すると発情してとまらなくなる」

さらに心音が速くなっていった。

発情がとまらなくなるウイルス。そんな話は聞いたことがない。つまり、未知のものが発見されたか、誰かが意図的に開発したのか。

『ＡＡｓＡ』のことが一番に頭に浮かび、隔離施設でのできごとを思い出して冷たい指で背筋をなぞられたようになる。

「あれでもマシになったほうだ。先週まではもっとひどかった」

「武田先生のおかげです。抑制剤をぶち込み続けるしかなかったところに、漢方を処方してもらって少しずつ改善していった」

「漢方に即効性はないが、無理な投薬を続けて体力を消耗させるよりよかったんだろう」

武田が軍に協力する気になったのも、わかる気がした。もともと武田はオメガのために利益を度外視した診察を行っているのだ。こんなウイルスが出てきたとなれば、たとえ嫌っていた軍からの要請でも応じるだろう。

とまらない発情のせいだろうか。青年は随分痩せていた。体力を消耗し続ける発情。いつ終わるのかわからないそれは、拷問に近いのかもしれない。

虚ろな目の青年がこちらを見た気がした。

誰でもいいから。

そんな声が聞こえてきそうだ。

自分の経験した『発情《ヒート》』を思い出し、あれが何日も続くのかと想像してゾクリとした。

感情を裏切るほどの肉欲。心を置き去りにして躰がアルファを求める。どんなに自制しようとしても、魔物が乗り移ったようになるのだ。

五色にとって禍々しい記憶として残る『発情』を思い出さずにはいられない。

黒瀬の前で、彼の腹違いの兄に無理やり番にさせられた事件。

心が悲鳴をあげた。目の前に好きな相手がいようが、誰が見ていようが関係なかった。

あんなことは二度と経験したくはない。

「安心しろ。空気感染はしない」

胸を撫で下ろすが、続く言葉に現実は甘くないのだと再認識する。

「ただ、感染者の発情が尋常じゃないからか、番のいるアルファにも多少影響するとわかった。抑制剤の効きも悪い。治療に当たっていた軍医が理性を失いかけた」

こっちに来い、と促され、再びついていった。すると今度は研究室のような場所へと連れていかれる。軍所属の研究者だろうか。白衣の人たちが八人ほどいて、それぞれが作業をしている。

「ウイルスの存在は以前から把握していた」

「どのくらい前なんだよ?」

半年と聞かされ、どうりで……、と鼻を鳴らした。

黒瀬の多忙さに磨きがかかった頃と一致する。黙っていやがったなと、嫌みの一つも言いたくなるが、知らせるタイミングを今にしたのには考えがあるのだろうと、言葉を呑み込む。

話によると、ウイルスは製薬会社の研究チームが、より安全な抑制剤の開発をしている過程で偶然できたものだ。情報を得た軍は引き渡しを要求したが、その存在を否定。

ウイルスと言えど会社の財産で、何に利用できるか未知数だ。将来似たウイルスが自然発生するか、悪意を持つ者により開発、散布されれば、抗ウイルス剤は莫大《ばくだい》な利益を生む。簡単に手放すはずがない。

だがひと月半前、ある研究員によりウイルスは持ち出された。ライバル会社からヘッドハンティングされ、ウイルスを手土産に転職することになっていたという。しかし、サンプルの入ったブリーフケースが空港で何者かに盗まれた。

ウイルスを狙ったものか、ただの偶然か。

頑なにその存在を否定し続けていた製薬会社は、ことの重大さに気づいて軍に情報を開示。助けを求めてきた。

軍は監視カメラの映像から盗んだ犯人の潜伏先をすぐに特定し、銃撃戦のうえ犯人は死亡。ブリーフケースを回収したが、五つあるアンプルのうち一つは行方不明となっていた。

犯人の身元も目的も特定できないまま、さらに行方を追っていたが、別チームから発情がとまらないオメガを保護したと報告が入った。

ゲノム解析の結果、その一つを打たれたことによる感染なのは間違いない。

ウイルスはオメガの細胞内に入ると増殖し、発情期が来たと躰に勘違いさせるものだ。本来の発情とは異なるため、オメガが通常服用している飲み薬はなんの役にも立たない。それ故、頻繁に、継続的に発情状態に陥る。

研究チームによるとウイルスの感染力は弱く、一定期間宿主を発情させたあと消滅するという。

「じゃあ、危険はないってことか?」

「使い方によれば今でも十分危険だ。ウイルスを大量に生産して、オメガに投与し続ければどうなるか」

ゴクリ。

黒瀬曰《いわ》く、ウイルスによる発情のメカニズムから推測すると、アルファとセックスして着床しても発情し続けるという。つまり、一人目を宿していても二人目、三人目が着床する。双子、三つ子、四つ子。五つ子と産ませられるのだ。

国のために一人でも多くのアルファを……、と考える『AAsA』にとって、その利用価値は計り知れない。

背筋が寒くなった。

「『AAsA』にウイルスの情報は漏れてるのか？」

「ヘッドハンティングした企業も含めて、今調査している。簡単には複製できないウイルスだ。使用されたもの以外すべて回収できたのは運がよかった。だが、連中に情報が漏れていれば、なんとしてもウイルスを手に入れようとするはずだ。対策は練っているよ」

政治家の中にも『AAsA』は隠れている。隔離施設をいくつも潰して大きなダメージを与えたとはいえ、潤沢な資金があり、コネもある。

「彼がどこでウイルスに感染したのかもわからないんだよな？」

「ああ、今のところはな。それに、奴自身について調査を進める必要がある。信用できる相手かどうかかな」

黒瀬が慎重になるのもわかる気がした。『AAsA』は以前、軍が暴走しないよう監視するための外部機関の職員を殺し、彼になりすまして二岡《におか》という男を送り込んできた。

頻繁に黒瀬の屋敷を訪れ、懐深く入り込んだのち五色と子供たちを拉致している。事件は無事に解決し、二岡は黒瀬の手によりSアルファの能力を奪われているが、現在も逃走中だ。

たった一人の感染者。

その存在が自分たちに与える影響がどれほどのものなのか、この時五色はまだよくわかっていなかった。

軍の病院から戻った五色は、屋敷に入る前に深呼吸した。

さっき見てきたことを引きずりたくない。不穏な空気を持ち帰りたくない。子供たちは大人が思っているより敏感だ。

「ただいま～」

努めて明るい声で屋敷に入ると、ユウキが一番に駆けてくる。

「ママ、おかえり！」

「イイ子でお留守番してたか～？　ちゃんとシッターさんの言うこと聞いただろうな」

「うん！　きいた！　でもアルとメグがけんかした！」

「あーっ、つげぐち！　ママにないしょっていったのに！」

アルが駆けてきて、ユウキの口を両手で押さえる。メグたちもすぐに集まってきて、子供たちに囲まれた五色は、シッターから今日一日の様子を聞いた。簡単な報告書も受け取る。

以前は使用人たちともほとんど顔を合わせないでいたが、五色の発情が安定してきた今は、直接やり取りをすることも増えた。それでも雇っているのはオメガばかりだという徹底ぶりだが。

「パパは？」

「お仕事だ。帰るのはもうちょっと先になる」

残念そうなアルを見て切なくなった。しゃがんで目線の高さを同じにし、小さな頭に手を置いて額と額をくっつける。

「俺もアルと同じ気持ちだよ」

黒瀬が多忙を極めるのは、ウイルスの件とは別に重要な仕事も抱えているからだ。

Sオメガと違い、以前よりその存在が確認されていたSアルファは解明されていることも多い。それでも新たな事実が判明することもあり、黒瀬は研究に協力している。

今、力を入れているものの一つが忌避剤だ。

より危険の中にいるのがSオメガと言っても過言ではないが、そんな五色にとっての希望とも言える。

Sアルファの『発情《ラット》』により発せられるフェロモンは、他のアルファの『発情』を抑制する。より強い牡《おす》が子孫を残すためだと考えられており、これもSアルファの特徴の一つだ。だが、同時に理性も失うため、かつてそれを利用されて五色は黒瀬の腹違いの兄の手に堕ちた。

黒瀬が軍で忌避剤の開発に手を貸しているのは、理性を保ったままその利点だけを使えるようにだ。それは理性を失ったアルファからオメガを守る切り札になり得る。

現在はスプレータイプのものがあるが、効果は限定的だ。

安全性が確認されてより効果的に使えるものが大量生産されるようになれば、子供たちの、そしてオメガ全体の将来にも大きく役立つ。オメガを発情させるウイルスの問題も出てきた今、一日も早く忌避剤を完成させたいというのが黒瀬の考えだ。

「パパは大事なお仕事をしてるんだ。ママやお前たちのために頑張ってる。だからパパが帰ってきたら、お仕事のことなんか忘れるくらい、みんなで遊ぼうな」

「うん！」

「じゃあみんなで夕飯の準備をしよう」

「きょうのばんごはんなぁに？」

マルオにキラキラした目を向けられ、噴き出した。そこにいるだけで癒やされる、大事な宝物たち。

「今日はきのこのクリームスパゲティだ。サラダもあるぞ」

「わ〜い、ママのスパゲティだいすき！」

カナタをベビーベッドに寝かせ、夕飯の準備を始める。ユウキとアルとタキがカナタの相手をしてくれていた。

「まずきのこ類を切る。お前らに包丁はまだ早いから、ママが処理したのを手で裂くんだ。

食べやすい大きさにするんだぞ」

メグとヨウとマルオは「は〜い」と元気な返事をしたあと、きのこをほぐしはじめる。三つ並んだ頭を視界の隅に捉えたままベーコンなどの準備をし、カナタたちの様子にも目を配る。

湯を沸かすパスタ用の鍋底からふつふつとあがる気泡を見て、発情でたぎる血を連想した。発情したオメガの青年を思い出して手をとめる。

痩せた躰。発情したままの状態がどれだけつらいのか、五色にはわかる。満たされず、ただひたすらアルファを求める。欲しくて、どんなことをしてでも飢えを満たそうとする。

今、彼は軍の管理下に置かれていてウイルスは空気感染もしない。だが、再びウイルスが外部に漏れ、手を加えられたらどうなるか。

子供たちはいずれ発情期を迎える。その時、オメガが平和に暮らせる世の中になっているだろうか。誰にも踏みにじられず、オメガであることを利用されず、行動の制限も受けず、人生を歩めるのだろうか。

「ママ、どうしたの？」

ヨウの声に我に返った。きのこ類はすべてほぐされ、三人は次の指示を待っている。

「ごめんな、ぼんやりして」

「ぐあいがわるいの？　だったらねてなきゃだめよ、ママ」

相変わらずお姉さんのような口調のメグに、目を細めて笑った。思い遣りのある子だ。

「大丈夫だよ。ちょっとパパのことを考えてただけだ」

「パパのことっ？　やっぱりママもパパのことよくかんがえるの？　あたしも！」

「ぼくもパパのこと、よくかんがえる。パパがかえってきたら、またピクニックしたい。パパとごはんつくるのもたのしい」

黒瀬が不在がちで寂しいのだろう。三人は口々に黒瀬と何をしたいか訴えてきた。その内容が聞こえたのか、カナタの相手をしていたユウキたちも嬉《うれ》しそうに飛び跳ねる。

「おれはパパがかえってきたら、ひっさつわざみてもらうんだ！」

「おれも！　ユウキといっしょにちくちくせいじんをたおすわざをみてもらう！」

「あたしはカナタがいっぱいあるくようになったから、パパもいっしょにおにわをさんぽしたい。はやくかえってこないかな～。パパとママのためのけいかくもみんなで……」

「――ダメッ！」

メグの声でタキが慌てて口を噤《つぐ》んだ。マルオがお口チャックのジェスチャーをしているが、五色にはしっかり聞こえた。

パパとママのための計画。

子供たちはどこか落ち着かない様子だった。そわそわ。うきうき。

何か企んでいるらしい。

シッターからの報告書には何も書かれていなかった。彼女も知らない子供たちだけの秘密の計画があるのか、それとも彼女も巻き込んで何かやるつもりなのか。

かわいい策略家たちの計画が気になるが、気づいていないふりをする。

「なんでもないのよ、ママ。あたしたち、パパとママがだいすきだから、みんなでいいこにしてようっていってたの。それがあたしたちのけいかくよ」

「そっか。その計画はちゃんと実行してもらわないとな。スパゲティの下ごしらえはできたから、次はサラダだぞ。みんなでレタスを洗ってちぎるの、できるか？」

できる～、と声が揃《そろ》った。子供たちの返事に、また笑みが零れる。

黒瀬に見せたかった。こんなに幸せだと。この屋敷はこんなに楽しいことが溢れていると、伝えたかった。

玲のおかげだ、と……。

深い湖に沈んだかのような夜。静寂というより沈黙に包まれた夜。

何者の声も聞こえず、自分の声も届かず。水底に横たわっている気分だ。

五色は発熱していた。

細胞の一つ一つが鉛でも呑み込んだような、特有の懈怠感《けたいかん》がある。ぼんやりと、だが躰の芯にはある種の熱が宿っていて、ジリジリと燃えている。それは小さいが、線香花火の火種のようにブルブルと震え、弾け、熱をばらまいている。

このところ、発情期は安定していたはずだった。しかし、明らかにその兆候を感じてベッドから抜け出す。体温を測った。三十七度八分。

熱を帯びた躰を、触れると一瞬で凍りつく低温の舌で舐《な》められた感じがした。三十七度八分。体温計の数値を目に焼きつけた。まさか、ウイルスに感染したのか。

いや、そんなはずはない。感染した青年とは、直接の接触はなかった。ガラス越しに姿を見ただけだ。空気感染はしないと黒瀬は言った。感染するはずがない。

それなのにどうしてだ。どうして、体温があがるのだ。どうして躰が疼《うず》くのだ。

はぁ、と息を吐くが、熱は籠もったまま少しも放出されない。

これ以上放っておくと悪化しそうで、武田に処方してもらった漢方を飲んだ。しかし、通常の処置が無意味なのはわかっている。

ウイルスが細胞内に入ると、発情期が来たと躰が勘違いすると聞いた。

つまり、漢方はもちろん、どんな抑制剤も効かない。アルファと交わらないと、肉欲は収まらない。

ママ。

子供たちが自分を呼ぶ声が聞こえた。助けを求めている。

急いで子供部屋に行くと、子供たちがベッドの中で苦しんでいた。飛びついてユウキの額に手を当てると、発熱している。しかも、五色とは比べものにならない高熱だ。

「どうして……っ。おい、みんなどうした？」

メグもヨウも、マルオもだ。アルとタキは特にひどい。頬が真っ赤だ。このままでは脳細胞が破壊されてしまう。

以前、『ＡＡｓＡ』のメンバーであるＳアルファの二岡に、街中で発情させられた時と同じだった。あの時は傍にユウキがいて、発情こそしなかったものの息が苦しいと訴えた。発情する躰ができていないのに、スイッチを入れられたのと同じだ。

あの時と同じように、全員が呼吸困難に陥っていて意識を失いかけている。

「誰か……っ」

なんとかしなければ。軍の病院に運べば対処してくれるかもしれない。普段五色が使っている連絡先に電話をしたが、繋がらなかった。それなら直接運び込むだけだと屋敷の外に出たが、いつもいる警護の者の姿がない。なぜ。

「どこだよ……っ」

もしかしたら、また『ＡＡｓＡ』の連中が来たのかもしれない。五色が気づかないうちに、警護の軍人全員を殺したのかもしれない。

「――玲……っ」

黒瀬の軍服が見え、叫んだ。しかし、遠くへ行ってしまう。今頼れるのは、黒瀬しかいないのに。玲。また叫んだ。その姿はどんどん小さくなる。発熱した躰に鞭《むち》打って走るが、それでも気づいてくれない。

そうしているうちに、黒瀬の姿は視界から消えた。

「――玲……っ」

自分の声で目が覚めた。静寂に沈んだ見慣れた天井を見て、夢だとわかる。

全身汗だくで、ランニングでもしてきたかのように息があがっていた。心音がうるさく、胸のところで暴れている。夢だとわかって安堵《あんど》したが、心拍数はなかなか下がらなかった。

夢の中で感じた懈怠感を現実に持ち帰ってしまったのか、鉛を持ちあげるように身を起こした。ため息。

ベビーモニターからカナタの泣き声が聞こえた。いつも朝までぐっすりだというのに、めずらしい。

ベッドから抜け出し、子供部屋を覗いたあとカナタの部屋に行く。夜泣きで子供たちを起こさないよう、カナタだけ別の部屋だ。そろそろ一緒にしてもいいかと思っていたが、もう少し先になりそうだ。

火がついたように泣くのは久々だった。もしかしたら、悪夢にうなされた五色から何かを感じ取ったのかもしれない。自分の心が不安定だと、子供たちにも影響する。

黒瀬の声が聞きたかった。けれども、夢くらいで電話するなんてできない。今、大変な時期なのだ。

「ママ？」

少し開いたドアからヨウが顔を覗かせていた。カナタの泣き声で起きたのだろう。

「起こしちゃったか？」

「ううん、あのね……おねしょしちゃったの。……ごめんなさい」

目に涙をいっぱいためているヨウを見て、自分の不安が伝染したのだと思った。特にヨウは繊細だ。一緒にいて安心できる存在でいたいのに、自分のせいで悲しい思いをさせてしまった。

「いいよ。ベッドはあとで綺麗にするから。おいで」

ててて、と近づいてきたヨウの下着を確かめ、脱がせて蓋つきのオムツ用ゴミ箱の上に放る。

「すてちゃっていいの？」

「捨てない。あとできちんと片づけるから」

今は汚れ物など気にせず、ヨウを安心させたい。濡れた尻をカナタのお尻拭きで拭いてやると、クシュン、とくしゃみをする。

「寒いか？」

「うん、すこし。でも……マルオくんたちにはないしょにして」

子供部屋に着替えを取りに行くのは諦めた。だが、このままでは風邪をひく。

「カナタ……ないてる。どうしたの？　ぐあい、わるいの？」

「違う。赤ちゃんだから泣くんだよ。カナタは夜泣きしないほうだけど、こんなふうに泣くこともあるんだ。おかしいことじゃない」

「よかった。じゃあ、かなしかったり……くるしかったり、してない？」

「大丈夫、ほら。ヨウが来てくれたから、もう泣きやんだ」

カナタを覗き込んだヨウは、わた飴のような笑顔になった。

「おいで、ヨウ」

カナタを抱いたままヨウの手を引き、巣穴に向かった。黒瀬のもので溢れたベッドは、そこに躰を横たえているだけで安心する。黒瀬に抱かれている気分だ。

「お尻寒くないか？」

「うん、あったかい」

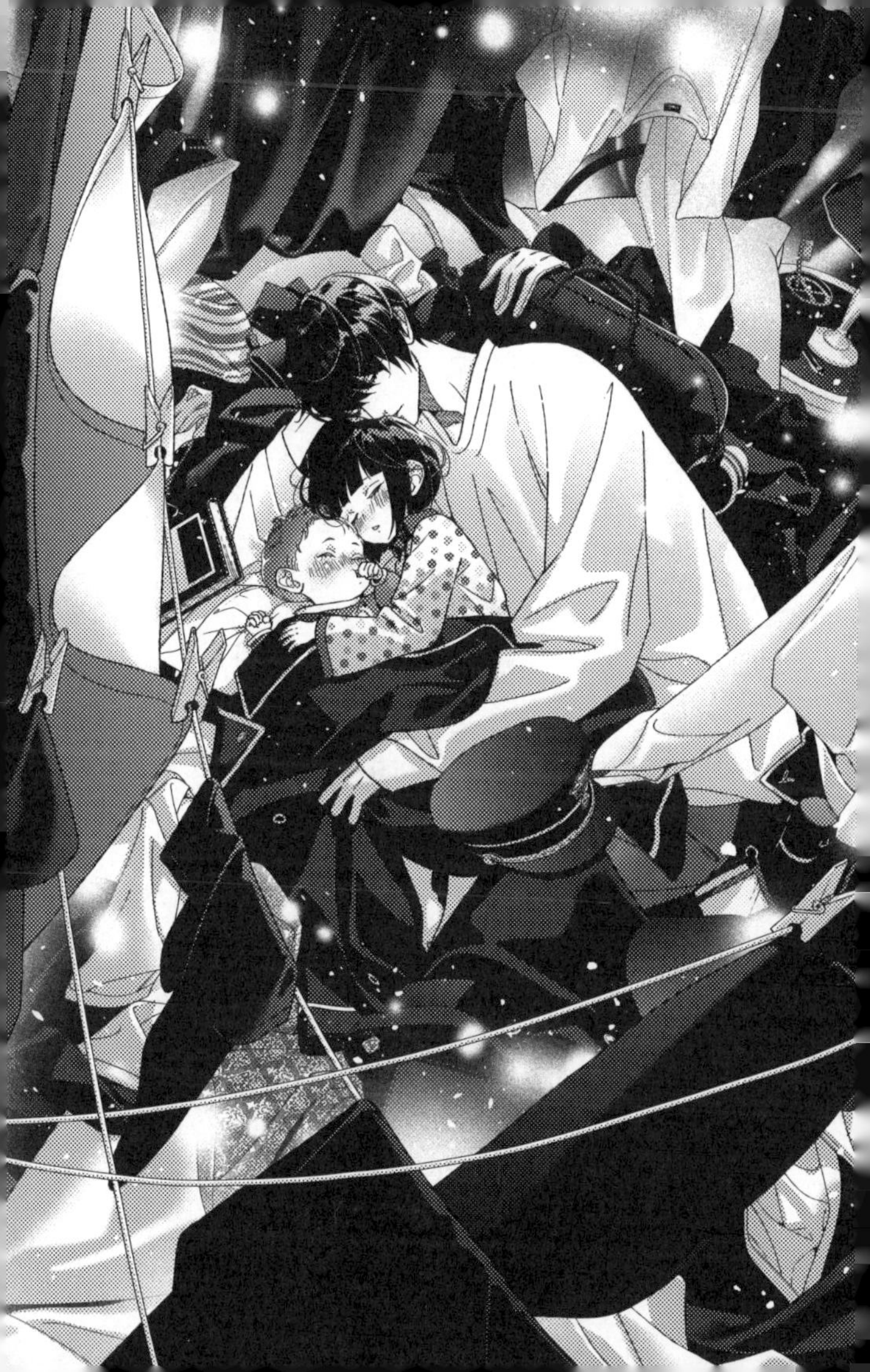

「パパにはないしょだぞ」

「うん、ここ……パパのにおいがする。とっても……いいきぶん」

「そうか。ママもだ」

ヨウもカナタも、すやすやと寝息を立てはじめる。

枕元に黒瀬の靴下があった。見ると、他にもある。片方だけ。しかも、右足だけだ。白い手袋を集めていたのは自覚していたが、靴下もやっていたとは驚きだ。左足だけの靴下が自分のクローゼットにたまっていくのを、黒瀬はどんな思いで見ているだろうか。

「返さないぞ」

まだ新しいそれを手に取り、ヨウ、カナタとともに抱く。そうしていると落ち着いてきて、五色はいつの間にか眠ってしまっていた。


五色がヨウと巣穴の中で眠りについた頃、黒瀬は軍本部で阿合《あごう》にある報告をしていた。

「身元がわかりました。やはり間違いないようです」

ウイルスに感染していた青年の名は、伊坂弘人《いさかひろと》。アルファで弁護士の父とオメガで専業主婦の母がいる。

身辺調査の結果、伊坂の父親は『ＡＡｓＡ』の思想から最も遠いと言っても過言ではなかった。アルファ、オメガ、ベータ関係なく、人は皆平等であるべきだという考えを持っている。アルファの子を欲しがる親は多いが、たった一人の息子がオメガでも気にせず、息子が少しでも自分の生きたいように生きられるよう普段からサポートしている。

母親もそんな父親を愛しているようで、夫婦仲はいいともっぱらの評判だ。中にはオメガの子を一人作っただけの夫婦を冷ややかに見る者もいるが、黒瀬に言わせるとアルファ欲しさに二人目、三人目を作るほうがどうかしている。

「一人息子か。父親は立派な人物のようだな」

「こちらの面談にも文句一つ言わずに応じてくれました」

「ポリグラフ検査もしたらしいな。よくクレームが入らなかったもんだ」

被疑者扱いと言っていいほどの調査にも、二人は当然という態度で応じた。感じたのは、感染した息子を保護してくれた軍への感謝ばかりだ。

「伊坂は愛されて育ってます」

「そうか。調査はこれで終わりか？」

「いえ。夫人が結婚前に別の男性と恋仲になったことがあるので、その相手も調べるつもりです。かなり踏み込んだ調査になりますが」

「任せる。苦情は全部俺が引き受けるから、存分にやってくれ」

心強かった。再編成も終わり、阿合は軍で大きな権限を持っているが、各方面の有力者からの圧力は避けられない。それを阿合はすべて受けとめてくれる。

「そこまで慎重になるのは、二岡の件がまだ響いているからか？」

そのとおりだ。

懐深く入られて五色を連れ去られた事件を思い出すと、十分なんてことはない。どれだけ疑っても足りない。

「責任を感じてるんだろう？」

「自分の落ち度だと思ってます」

「一人で被るな。再編成を行っていたさなかとはいえ、外部機関の人間の身元調査にまで思い至らなかったのは、俺を含めて軍の失態だった」

「それでも自分が一番近いところにいたのは確かです」

「強情だな」

オメガを発情させ続けるウイルスの存在は、これまでにない危機感を黒瀬に抱かせていた。

五色がまた狙われる。

ウイルスの存在が連中に知られれば、ウイルスはもちろん五色も再び狙われるだろう。

Sオメガは通常のオメガに比べて着床率は悪いが、着床してしまえばSアルファが生まれてくる確率が格段に高い。五色とウイルスの両方を手に入れることで、連中の理想的な繁殖が可能となる。

数を打てばいいのだ。常に発情させれば、着床率が悪かろうが関係ない。継続して繁殖を続ければいい。ウイルスはそれを可能にした。まさに悪魔のウイルスだ。

五色が感染させられたらと考えるとゾッとする。

自分ならどんなことになってもいいが、愛する者が苦しむのは見ていられない。耐えられる自信がない。

愛とは厄介なものだ。

その時、ドアがノックされ、黒瀬の部下が入ってきた。病院からの連絡で、伊坂の発情がようやく収まったという。阿合に行ってこいと目配せされ、すぐさま部下とともにジープで同じ敷地内にある病院へ向かった。

病棟に到着すると、まず担当医師からの説明を受けた。一応落ち着いてはいるが、ウイルスが体内に残っていないか検査をするという。

一緒に来た部下にはまだ番がいないため、中に入るのを許可されたのは黒瀬だけだった。

「伊坂弘人だな？」

伊坂はベッドに横になり、ぼんやりと天井を見ていた。点滴の袋から伸びた管の先は細い腕に繋がっていて、あまりにも弱々しい。反応も薄い。

「伊坂弘人だな」

もう一度聞くと、ようやく視線を黒瀬に向けた。唇が微かに開いたがすぐに声は出さない。いや、出せないのだろう。待っていると、唇の動きに音が伴う。

「伊坂って……誰です?」

「お前の名だ」

「僕……?　名前……、……っ、ここは……どこです?」

黒瀬は眉をひそめた。

「自分の名がわからないのか?」

「名前……?」

「ここに来る前は何をしていた」

心拍数があがっているのか、外で数値をモニタリングしていた医師が看護師を連れて部屋に入り、伊坂の状態をチェックする。その様子を見ていたが、伊坂の動揺が収まる気配はない。

「どうだ?」

「躰は大丈夫ですが精神的負担を考えると、いったん中断したほうがいいかと」

「記憶障害か」

「おそらくは」

「装っている可能性は？」

「ないでしょう。心拍数などから、彼が動揺しているのは確かです」

伊坂の白い顔からますます血の気が引いていくのがわかった。ようやくまともに話ができるようになったのに、これでは感染経路も誰に感染させられたのかも調査できない。

部屋を出た黒瀬は、部下を呼んだ。

「もう一度伊坂弘人について調べろ。納税記録もすべてだ。伊坂弘人が伊坂弘人として生きていた証拠を揃えてくれ」

記憶障害があるなら、どうやって記憶を取り戻させるか考えるまでだ。手をこまねいている間に、愛する者に危険が近づくかもしれない。頭をフル回転させ、使えるものは使い、解決する。

ふと、息子の記憶障害を知った両親の悲しむ顔を想像した。それを伝えなければならないことを憂鬱に思っている自分に、少々驚く。

以前は、任務のためならいくらでも冷酷になれたはずだが。

「嫌な役割だな」

黒瀬は、軽く口許を緩めた。

能力など気にせず愛してくれる両親がいるなんて、伊坂は恵まれている。黒瀬はSアルファだが、この能力がなければ実の父親は引き取らなかっただろう。母親は息子を手放す代わりに金を手にした。今後息子には会わないという条件を呑み、そのとおり一度も息子を訪ねてはこなかった。

自分の子を愛してやれない親がいるのは確かだ。オメガというだけでアルファの子と差別する親を、これまで何度も見てきた。黒瀬もそんな闇の中を生きていた。

十分に愛情を注がれて育った伊坂を、これ以上疑うのは果たして正しいのか。

窓の外は漆黒の闇が広がっていた。風が強いらしく、急いで流れる雲に月は姿を現しては消えるを繰り返している。軍の敷地内ということもあり、車輛《しゃりょう》が放つヘッドライトの光が移動しているのが見えた。

屋敷の楓はまだ葉を落とさずにいるだろうか。

庭で遊ぶ子供たちとそれを見守る五色の姿を想像し、帰りたくなった。太陽の下で、五色と、子供たちと一緒にみんなの笑い声を聞きながら紅葉した楓を眺めたい。

絨毯《じゅうたん》のように敷きつめられた楓の葉の上に腰を下ろして、冬が来る前のほんの少しの安らぎを過ごしたい。秋色に染まった世界を、これほどいとおしく感じられるようになるなんて想像もしていなかった。

愛する家族に会いたい。

そんな感情が、強く込みあげてくる。

目の前に広がるのは、影絵のような風景だ。強風に煽《あお》られた木々のざわめきが見える。

だが、木枯らしに吹かれても黒瀬の心は凍えることはなかった。風で落ちた楓の葉を集めて焚《た》き火にしたような、手をかざした時の慎ましいぬくもりを感じる。温かいものはじんわりと浸透していき、心の芯を温めてくれた。

感染したオメガの身元がわかったと連絡が入ったのは、翌週のことだった。

軍に呼ばれた五色は、病院ではなく、同じ敷地内にある別の施設へと足を運んだ。白々とした病院とは違い、こちらは重厚な印象だ。

若い軍人が運転するジープから降りると、黒瀬とともに建物の中に入っていく。

「体内からウイルスは消滅している。完全に消えるのに一ヶ月かかったよ」

一ヶ月と聞いて、ますます気持ちが沈んだ。

「その伊坂弘人ってのが感染したのはどこかわかったのか？」

「まだだ。記憶障害が残っていてな、感染経路どころか自分が何者かもわかっていない。だが、身元が判明しただけでも進歩だよ」

「捜索願は出てなかったんだろ？」

「いや、両親が出したばかりだった。すでに自立してるからな。月一程度しか連絡を取り合っていなかったと考えると、おかしいことじゃない」

「仕事先からは捜されてなかったのか？」

「ハンドメイド作家だそうだ。フリーでやってるから、誰も不在に気づかなかったんだろう。友達も少ないようだしな」

その体質から、会社勤めをしなくてもいい仕事を望むオメガは多い。しかし、薬代など考えると、実現できるのはほんの一部だ。両親から自立して生活できていたのなら、伊坂は才能があるのだろう。

「人気作家なのか？」

「ああ、革製品を作ってる。財布、鞄《かばん》、ペットの首輪、ハーネス。いろいろあったぞ。今は仕事どころか両親の顔もわからないがな」

持ち出されたウイルスに記憶障害を起こす特徴はなかったという。手が加えられているとも考えにくく、稀《まれ》に現れる症状と結論づけている。製薬会社が所有していたウイルスはすべて軍の研究所に移されているから、今後流出することはないだろう。

ここが襲われなければの話だが。

絨毯が敷かれた廊下を進み、黒瀬の直属の上司である阿合が待っている部屋に向かった。黒瀬がドアをノックし、部屋に入る。事前に話は通していたため、挨拶を交わしてすぐ本題に移る。

「抗ウイルス剤の開発に、本気で協力する気かね？」

「ウイルスはオメガにとって危険なものでしょう？　あれに手を加えられたらとか悪用されたらなんて考えると、正直怖いです。でも、ただ怯《おび》えているだけはゴメンなんです」

阿合の印象は、ひとことで言えば隙のない人物だった。穏やかな立ち居振る舞いなのに、つけいる隙がどこにもない。背中を見せられた状態で襲いかかっても、傷一つつけられる気がしない。

穏やかさの奥に、鋭さを持った人だ。黒瀬の上司だと考えると、このくらいの貫禄《かんろく》があって当然だとも思った。阿合の隣にいる黒瀬が青二才に見えてくるから不思議だ。

「治験でもなんでも協力しますよ。なんなら人体実験でもいい」

本気だったが、笑われた。けれども、馬鹿にしたり発言を軽んじたりしたのではないとわかる。自分が一番青二才だと気づき、黒瀬がどんな世界で職務に就いているのか少しわかった気がした。

自分なら務まらない。

そう思うにつけ、改めて黒瀬が重ねてきた実績のすごさを思い知る。

「その意気込みはいただこう。ひとまずウイルスがSオメガにどの程度影響するか調べるために血液を採取させてもらう」

「それだけですか？」

「何かあれば遠慮なく協力を要請する。不満な男がいるようだが」

黒瀬が頭を下げた。

「大佐の番になったのがどんな人物か、直接会って話せるのを楽しみにしていたよ。予想を遥かに超えてきたな」

楽しげに笑う阿合に、どう反応していいかわからない。いったい、どんな予想をしていたのだろう。

結局、黒瀬が自分の番を上司に紹介しただけで、具体的な話にはならなかった。

そのあと建物を出て、再びジープに乗り込んで病院へ移動する。黙り込んでいる黒瀬を盗み見た。間違いなく怒っている。

「なんだよ？　人体実験って言ったのが不満なのか？」

「当たり前だ」

「玲だって忌避剤の開発に手を貸してるだろ。それと同じだ」

「俺はいいんだ」

今度は五色がムッとする番だった。唇を歪《ゆが》めて嗤い、一瞥《いちべつ》する。軍帽を目深に被った黒瀬は、どんな過酷な任務でも同じ顔でこなすだろう。だが、自分だけぬくぬくと過ごすなんて性に合わない。

「気に入られたな、春」

「俺？」

「ああ、阿合中将があんなふうに言うのはめずらしい」

「人体実験がウケたんだろ？」

ジロリと睨《にら》まれた。

「わかってるよ。採血したあとはいつもの検診だけ受けて帰る」

病院に到着すると、建物に入ったところで黒瀬が足をとめる。

「玲？」

「仕事に戻る」

ここに用事があるのかと思っていたが、違った。単に送ってくれたのだろう。ジープに乗って移動するのだし、軍の敷地内だ。送らなくてもよかったのにと言おうとしたが、声になる前に消えた。

「今日は会えたな」

「！」

「週末まで帰れない。いつも子供たちの世話を任せてすまない」

まさか、一緒にいる時間を作ったのか。

それに気づいた瞬間、何もいないと思っていた冷たいせせらぎの中に、生き物を見つけた気持ちになった。小さな驚きと、わずかな高揚。予想外の出会いに、それまで見ていた景色が光を纏《まと》い、心地いい眩しさに目を細めてしまう。

それなのに、あんな態度を取ってしまった。

「じゃあな」

まずい。心が発情する。

軍服を着た黒瀬の背中を見送りながら、無性に抱きつきたい衝動に駆られた。そんな自分を抑えながら、念じる。

おい、こっち向け。

規律を重んじる軍施設の硬質な印象に似合う、長身の後ろ姿。ピンと伸びた背筋と短く揃えられたうなじ。どこにも乱れがなく、だからこそそれが乱れた時のことを思い出してしまう。

おいって、こっちを向けよ。

何度か繰り返すと、本当にこちらを向いた。立ちどまって振り返る黒瀬に、症状は悪化した。抱きつくだけでは足りない。今すぐ駆けていって、唇を奪って、軍服を剝ぎ取ってしまいたい。今すぐ抱き合いたい。

火のついた心に炙《あぶ》られた情欲を躰の芯に抱え込み、黒瀬の姿が消えるまでずっと見ていた。今度二人きりになるまで、それは五色の奥で熱を発し続けるだろう。

その存在を意識しながら踵《きびす》を返す。

失敗した。

自分で煽っていれば世話がない。

いつものように診察室に向かおうとしたが、二階のロビーで武田を見つけた。

「武田先生」

その背中が小さく跳ねたように見えた。驚かれるほど大きな声を出したつもりはなかったのだが。

「おお、五色か。また会ったな。診察か？」

「そうです。先生はずっとここにつめてるんですか？　だんごは？」

「お前さんの後釜に入ってくれたのが世話してくれとるよ」

診察はできないが、患者が来れば処方箋どおりに漢方を調剤しているという。五色も以前はそうしていた。武田は数日留守をすることもあった。診療所を誰かに任せることに不安があるわけではなさそうだが、早くここから立ち去りたいという気持ちが滲み出ている。

様子がおかしい。

「先生、何か……」

言いかけたところで、廊下の向こうから夫婦らしい男女が歩いてくるのに気づいた。伊坂の両親だと武田が教えてくれた。面会に来たらしい。ウイルスが消滅したとはいえ、経過観察などのために入院しているうえに、記憶障害がある。さぞかし心配だろう。

武田が観念したように息をつく。五色だけが気づく、落ち葉のようなため息だった。

「武田……先生」

「ご、ご無沙汰しております。まさかこんなところでお会いするとは」

二人の驚きかたは、普通ではなかった。ただの知り合いが出会っただけなら、ここまで困惑の色を見せない。知り合いかと聞くと「そうだ」とだけ返ってくる。

「どうですか、息子さんのご様子は」

武田の問いに二人は小さく首を振るだけだった。

「じゃあ、わしはこれで」

あまりにもあっけなく会話は閉じられた。しかも、一方的に。スタスタと歩いていく武田を追う。中庭で捕まえた。

「どうしたんですか？　なんか変ですよ」

「わしとしたことが、動揺した」

武田が動揺するなんてめずらしい。聞くのも憚《はばか》られる態度だ。

「わしが愛した女性だよ」

「え……」

「今回保護されたオメガの母親。彼女は、わしが愛した人だ」

「でも、随分若かったですよね。年の差いくつだったんです？」

「二十三、かな？」

「犯罪じゃないですか」

「馬鹿抜かすな。立派な大人だったよ。だが、アルファとオメガの婚姻は軍の管理下にある。最初から成就することのない恋だったんだよ。両親が決めた許嫁、つまり今の旦那もいたしな」

頭でわかっていても、心はとめられない。仕方のないことだ。

その後、武田は彼女を思い、一切の連絡を絶った。彼女から連絡できないよう、いつまでも武田との恋を引きずらないよう、行方をくらませたのだ。

「だからあんなに驚いてたんですね」

アルファ並みの能力故に国から何度も誘われているのに頑なに拒否していたのは、そんな過去があったからなのかもしれない。

それが、皮肉にもこんな形で再会するなんて。

「今でも好きなんですか？」

「二十五年も前の話だよ。少なくともわしに未練はない」

そう言いきる割には、上手く呑み込めない思いがありそうな表情だった。

「なんです？」

「昔のよしみだ。力になってやりたいが、わしがしゃしゃり出るのもよくない。お前さんがわしの代わりに力になってやってくれんか?」

「できることならそうしますけど。俺がどうこうできる立場じゃないでしょ」

「わしから頼んでおくよ。アルファだらけのここでは気が休まらない。オメガ同士で話したほうが、記憶も戻るかもしれんから」

確かに武田の言うとおりだ。伊坂の記憶は、黒瀬の任務にとっても重要になる。焦るあまり、人体実験なんて極端なことを言った自分はガキだと痛感する。

「そうですね。俺が一番役に立てる形ってそれかもしれません」

しかも、世話になった武田が愛した相手の息子だ。彼の力になることで武田への恩が少しでも返せるならと、五色はそうしようと固く決意した。


「え、じゃあ矢内さんも捜してたんですか?」

キッチンに紅茶の香りが漂っていた。

子供たちの昼寝の時間に合わせて来た矢内は、おやつに焼いたバタークッキーに手を伸ばした。いびつな形のそれは、五色が食べていいと許可したあまりものだ。

「これ旨いな。まさかクッキーまで手作りするたぁな」

「生地は市販のですよ。型抜いて焼くだけです。それより、捜してたってどういうことです?」

「母親が結婚する前に別の男とデキてたって噂《うわさ》があったんだがな、黒瀬はその相手に関しても調査したがってたんだよ。ベータだっていうから俺も手を貸してたんだが、別れたあとの足取りがなかなか摑めなくてな。まさか先生だったとは、侮れねぇ爺《じじい》だよ」

「ベータとオメガですからね。先生も成就することのない恋って言ってました。そう思ってたから、自分の居場所を彼女に明かしてなかったのかも」

クッキーに伸びてきた手をぱしりと叩《たた》いた。それはマルオのだ。冷ややかに見てやると、矢内はクッキーをつまんだ手を離し、名残惜しそうに指をペロリと舐める。

「しっかし、自分が愛した人の子供がウイルスに感染しただなんて因果なもんだなぁ」

「だから心配なんですよ。無理するんじゃないかって。今も軍の病院にずっといるらしいです。矢内さんも先生の様子、気をつけて見ててくださいよ」

力になってやってくれと言った武田の表情を思い出した。あれが未練を残した顔なのか、五色にはわからない。

「で、力になってやることにしたのか?」

「ええ。俺も定期的に軍の病院に行くんで。ちょっと話す程度ですけど、それで彼の心が軽くなるならいくらでも話し相手になります」

「旦那はなんて？」

「軍の施設内ならいいだろうって。あんまり納得はしてなかったですけど」

「なんでまた」

「ウイルスは躰から消滅したって言ってるけど、未知のものだから、どこかに残ってて再びって可能性でも疑ってるんじゃないですか？」

「あ。そういえば、みんなが昼寝しに行く前に何か受け取ってませんでした？」

バタークッキーに手を伸ばした。これは自分のだ。矢内は食べたそうにしている。

「なんのことだ？」

「メグから手紙みたいなのを受け取ったでしょ？」

「え、そうだったか？」

すっとぼけた顔をする矢内の反応に、目が据わった。何か隠しているのは確かだ。

「まさかうちの子に手ぇ出そうってわけじゃないですよね？」

「俺がそんなことするわきゃねぇだ……うぐっ、ぐ……ぐるし……」

胸倉を掴んで締めあげた。

「何を受け取ったんですっ？」

「何って……っ、ぐぇ……、くるし……」

「隠すとためになりませんよ？」

「わ、わがっ……わがったよ……っ！」

両手を挙げて降参のポーズを取る矢内に、手を緩めてやる。すると、観念したようにポケットから封筒を出した。

「ふーっ、そこまで締めあげることぁねぇだろう。これだよ。『しょうたいじょう』を貰《もら》ったんだよ。武田先生にも渡してくれって頼まれてる」

結婚式の案内だった。メグの字だ。『しょうたいじょう』と書かれた周りには、花や鳥や太陽の絵が描いてある。

「ああ、なるほど。子供たちがヒソヒソやっていたのは、これだったんですね」

「ったく、なんで俺がそんな目で見られなきゃならねぇんだ。長いつき合いだってのに、俺にロリコン趣味がないことくらいわかんだろうが」

「ロリコンじゃなくてもうちの子はみんなかわいいから、用心に越したことはないんですよ！」

親馬鹿だと反論され、肩をすくめる。

「だけどチビちゃんたちはなんで結婚式をやるなんて言いだしたんだ？」

思い当たることはある。黒瀬の腹違いの兄だ。

子供たちの安全をダシに、結婚を迫られた。番となり、アルファを産む道具となることを約束させられた。

結婚式の準備を進めるのを子供たちは見ていたのだ。すっかり五色に心を開いた子供たちにとって、大好きなパパではなく別の男が五色と結婚するのは、さぞ嫌だっただろう。もしかしたら、あの時のことが影響しているのかもしれない。嫌なできごととして記憶に残っているはずだ。

だから黒瀬と五色の結婚式をして、この生活を誰にも邪魔されないよう、確実に守られるよう、二人の絆を見える形で示したいのだ。

「ウエディングドレス着ろって言われたらどうする？」

「みんなが喜ぶならやりますよ」

「俺らの前で誓いのキスをしろって言われたら？」

「やりますけど？」

「ブーケトスやれって言われたらどうする？」

「投げます。欲しいなら矢内さんに放ってあげますよ？」

返事がなかった。まさか本気で欲しいのだろうか。

「お前さん、変わったなぁ」

「そうですか？」

「昔のお前さんなら、こんなこと言ったら嫌ぁ〜な顔で俺を睨み返しただろ？」

そうかもしれない。だが、今は違った。

子供たちが喜ぶならなんでもする。それで子供たちが安心するなら、黒瀬と五色が番であると証明する。恥ずかしいだなんて思わない。

両親に見捨てられた五色にとって、家族は血が繋がっている者の集まりでしかなかった。だが黒瀬は、子供たちは、それに意味を持たせてくれた。血の繋がりよりも強い心の繋がりがあると教えてくれた。

ここに辿《たど》り着くまでに多くの困難があったが、それだけに今を大事に想う。

窓の外に見える楓に、無性に黒瀬に会いたくなった。最後に黒瀬とここに並んで立った時は、まだあれほど濃く色づいていなかった。

楓の葉が風に吹かれた時のように、心がざわつく。嵐ではない。

夢中で遊ぶ子供たちを見下ろす楓は、その存在を強く感じさせず、けれどもいつも傍にいる。ハラリと舞う大きな葉はいつしか赤い絨毯となって、踏みしめる小さな足を優しく受けとめてくれる。自分もそうなりたい。

黒瀬を、子供たちを優しく受けとめられる存在になりたい。

それは今まで抱いたことのない、強い気持ちだった。

秋が深まるにつれ、想いは募る。

3

軍に呼ばれた五色は、伊坂のいる病室で紅茶を飲んでいた。

伊坂は自分が販売していたハンドメイド作品を見ても、なんの反応も示さなかったと聞いている。記憶障害があるのは、間違いないようだ。

「五色さんは、どうして軍に協力してるんです?」

「俺の番が軍人だからな。なりゆきっていうか。今の軍がオメガの人権を護るほうに向かってるのは確かだし」

自分がSオメガというのは伏せていた。五色はあくまでも、同じオメガとして伊坂の話し相手になっている。

「ここはアルファばかりで、なんだか息がつまります」

「わかるよ」

「でも、番ができればフェロモンが変質して他のアルファには効かなくなるんですよね」

「早く番が欲しい?」

「どうだろ。わからないです。楽にはなるんだろうけど、相手を好きになれる保証はないですし」

アルファとオメガの婚姻は今も軍が管理しているが、以前はほぼ強制的だった婚姻が今は個人の意思を尊重する方向にシフトしている。

それでもいまだ許嫁と結婚するのが当然と思っている親世代は多い。長年にわたる常識の根は地中深く張り巡らされていて、悪意のない人々からその一本一本を抜き取るのには時間がかかる。

世間からのそんな圧力の中で、伊坂も生きているのかもしれない。

「父と母の顔を見ても、よく思い出せなくて」

「でもどんな人かは、俺でもわかるよ。望まない相手と無理に番になれって言う人たちじゃない」

「そっか。そんなに素晴らしい人たちなのに、僕は覚えてすらいないんですね」

「思い出せばいいんじゃないの?」

軽く言うと、ずっと深刻そうだった伊坂の表情が和らいだ。思いつめた顔より、こちらのほうがいい。心が軽くなれば、記憶も戻りやすくなるかもしれない。

「チェスでもする?」

武田と恋仲になった女性の息子だからか、なぜかそれが浮かんだ。特別な意図があったわけではない。けれども、予想だにしなかった言葉が返ってくる。

「チェス、やったことある気がします」

「何か思い出した？」

「いえ、でも……思い出すかもしれません」

「じゃあやる？」

と言っても、道具がない。必要なものは届けると言われているが、さすがに今日すぐにというわけにはいかないだろう。次までに、と約束して再びたわいのない話をしていると、ドアがノックされ、チェス盤と駒が届いた。

会話はすべてモニターされているのを思い出し、二人で顔を見合わせて苦笑いする。外出時は常に警護の者がどこからか五色を見ているため慣れていたつもりだが、ここまで把握されているのは窮屈だ。

伊坂が少々気の毒になる。

「教えてもらっていいですか？」

「ああ。これがルーク。こっちがビショップ、これがキングとクイーン」

駒の名前から教えることになるが、覚えは悪くなかった。武田のところで使っていたものと似た手触りのいいそれを、チェス盤に並べる。

記憶障害の伊坂はチェス初心者と同じで、最弱と言えるほどの腕だった。だが、二回、三回と続けていくうちに、少しずつ戦略的な駒の進め方をするようになる。

一度もチェスをしたことのない人間とは思えないほどの進歩だ。記憶の一部が目覚めっつあるのかもしれない。それは伊坂も感じているらしく、何度負けてももう一度と挑んできた。

無言の時間が過ぎていくが、話をするよりこちらのほうが効果的かもしれない。そもそも五色は気を利かせて話題を探すほど、社交的ではないのだ。下手な会話を続けるより、ずっと有意義に思える。

どのくらい経っただろう。

看護師が面会終了を告げに来るまで、時間のことなど忘れた。ゲームは五色の全勝だったが、確実にやりにくい相手になっていったからこそ、五色も夢中でプレイしたのだ。

「楽しかったです。ここに来て初めてです。こんな時間を過ごしたのは」

「俺もだよ。やったことのある人間の進め方だった。経験者なのは間違いない」

伊坂の表情が緩んだ。

「チェスをした相手は、多分……母だと思います」

「思い出したのか?」

「本当になんとなくですけど」

伊坂の中でぼんやりと蘇《よみがえ》った記憶。今はまだシルエットだけかもしれない。しかし、こうして少しずつ記憶を呼び起こせば、いずれはっきりしてくるだろう。自信を取り戻した伊坂の表情に、話し相手になることの重要さを知った。

抗ウイルス剤開発の実験台でなくとも、いくらでも役に立てる。

武田はそれをわかっていたのだろう。

「僕の記憶が戻れば、どこでウイルスを打たれたのかとか、詳しいことがわかるんですよね。僕たちオメガを利用する人を捕まえられる」

「そうだけど、無理しないほうがいい」

「はい。頑張ります」

「だから頑張らなくていいんだって」

「あ、そっか」

クスッ、と笑う伊坂に「じゃあまた」と手を軽く挙げ、病室をあとにする。担当医と少し話をし、街に出た。このあと、黒瀬と待ち合わせだ。

たった数分のために病院まで送ってくれた日。二人の時間を黒瀬が欲していると知ってから、病院の帰りなどことあるごとに予定を聞かれている気がする。子供たちへのクリスマスプレゼントの下見というのは、口実だろうか。

だが、どちらでもいい。これから二時間、黒瀬を独占できる。

待ち合わせ場所の近くまで来ると、人混みの中に黒瀬を見つけた。目立つのは軍服だからだが、軍人が街中にいるのは特にめずらしくもない。Sアルファだからこそのオーラがあるのかもしれない。

声をかけようとしたが、回転扉の向こうに吸い込まれていく。

黒瀬とは地下一階のカフェで待ち合わせだ。テイクアウトできるブルーベリーマフィンが子供たちの大好物で、今日の土産はマフィンと決めていた。

回転扉を潜って中に入ると、かなりの人出だった。新しいレストランに客が殺到しているらしい。長い列ができていた。その横を通り、エスカレーターに向かう。

その時だった。

ドォオンッ、と地響きがした。一瞬、地震かと思ったが違う。地下から黒い煙が立ちあがってくるのが見えた。どこかで「爆発だ」と叫ぶ声がして人の波が出入り口に向かう。

回転扉のところは人で溢れていた。

「玲……っ！」

五色は人の流れに逆らって地下を目指した。とまったエスカレーターを駆けあがってくる人々。その中に黒瀬の姿はない。

「避難してください！」

五色を警護している軍人に腕を取られた。

「でも、中に玲が……っ」

黒瀬は何度も狙われていた。今年に入って三回。五色が知らないだけで、もっと多いはずだ。

黒瀬を狙ったものだったら——。

血の気が引いた。

「玲っ！　玲っ！」

火災が起きているらしく、スプリンクラーが作動している。足元は水浸しだ。足をすべらせて立ちあがれない老婦人がいたため、エスカレーターを駆け下りて救護を頼む。

「彼女をお願いします！」

「わかりました。自分が運びます。あなたも一緒に避難してください！」

警護の声を無視して奥に進んだ。黒煙で視界が悪い。目も喉も痛く、袖で口を覆いながら黒瀬を捜した。爆発は、待ち合わせのカフェのあるほうで起きたらしい。もし、店に入っていたら——。

頼むから、出てきてくれ。早く。お願いだから。頼むから。

怪我人がいるぞと声がし、そちらに向かった。若い女性とコックコートを着た男性が床に蹲《うずくま》っている。男性のほうが怪我がひどそうだ。頭から血を流している。

彼に肩を貸すよう女性を促したが、五色の声は届いていない。

「私の赤ちゃんが……っ、どこ？　どこなの……っ」

彼女の視線の先には、絶望的な光景が広がっている。立ち籠める黒煙で何も見えない。次の爆発がいつ起こるかわからない状況で、いつまでもここにいさせるわけにはいかない。

「俺が行きますからっ、二人で外に逃げてください」

「嫌っ、嫌よっ」

半狂乱になる彼女を宥めようとしたが、無理だった。老婦人を避難させた警護の軍人が戻ってきたのを見て、無理にでも外に連れ出すよう言う。

その時、赤ん坊の泣き声がした。微かに聞こえる。

煙の向こうに人影が見えた。カフェとは別の方向だ。長身の軍服を着た男だとわかると、力が抜けそうになる。

「——玲……っ！」

黒瀬だった。赤ん坊を抱いている。

「爆発の衝撃でベビーカーごと吹き飛ばされてた。瓦礫《がれき》の下敷きになってたが、幸い空間にはまり込んでいて無事だ」

なかなか出てこなかったのは、赤ん坊を助けていたからだったのか。

赤ん坊を母親に引き渡し、到着した救急隊とともに外に逃げた。建物の周りには怪我人が何人もいて、助けを待っている。

「てっきり爆発に巻き込まれたのかと」

「店とは逆のほうに行ったからな」

「なんだよ、方向音痴かよ」

力なく笑うと、背中をトントンと叩かれて少し落ち着きを取り戻す。自分でも驚くほど取り乱していた。

「何度も危険な目に遭ってるんだ。死んだんじゃないかって焦ったよ」

「悪かった。心配ばかりかけて」

「いいよ。一発殴らせてくれたら」

「ああ、殴りたいだけ殴れ」

真面目な顔で言われ、本気でそうしてやろうかと思った。黒瀬に見下ろされていると、胸が締めつけられる。

無事だった。

今さらのごとく実感し、躰ごとそれを確かめたくなる。

「あとでな」

言いながら抱きつき、黒瀬の匂いをいっぱい吸い込んで自分を落ち着かせた。

爆発は黒瀬を狙ったものではなく、改装中の店舗のガス漏れだった。死人が出なかったのは不幸中の幸いと言える。

黒瀬に怪我はなく、煙を少し吸っただけだった。五色も喉の痛みが残ったくらいだ。駆けつけた救急車で応急処置をしてもらったが、五色と黒瀬は念のため一度軍の病院に戻って検査を受けた。終わる頃には、辺りはすっかり暗くなっている。

「随分遅くなったな。子供たちは？」

「シッターに時間延長してもらった。さっき電話したら、もうみんな寝たって。俺たちが帰るまでいてくれるんだと」

「そうか。心配かけたな。ほら」

「なんだよ？」

「殴るんじゃないのか？」

「ハッ、もういいよ。赤ん坊が取り残されてたんだ。俺が同じ立場ならそうした」

病院の前にはジープが一台停まっていて、黒瀬の部下が二人を待っていた。車の鍵とともに、今日は帰っていいと伝言を受け取る。黒瀬が一緒のため、五色の警護も先に屋敷に戻らせていた。

「寝てもいいぞ」

「目が冴《さ》えてそれどころじゃない」

助手席に乗り、ヘッドレストに頭を預けた。

軍の敷地内はこの時間でも灯りがついた場所があちこちに見られる。車輌も多い。

「タイミングから言って、カフェに直行してたら爆風をまともに浴びてたかもな」

「直行しなくてよかったよ。場所わからなかったか？　玲にしてはめずらしいな」

道を間違えるなんてあり得ないが、今回はそのおかげで難を逃れたのだ。運も黒瀬には味方するのかもしれない。

「なんだよ？」

「いや、別に」

普段の黒瀬らしからぬ歯切れの悪さだ。

「何かあったのか？」

「いや。それよりクリスマスプレゼントの下見はできなかったな」

「仕方ない。こういうこともある」

五色は改めて事故の大きさを思い出していた。

立ち入り禁止のテープ。消防車が引きあげたあとも漂う焦げ臭さ。現場検証の消防隊員がビルの周りに大勢いた。

今回はただの事故だ。わかっている。だが、これまで堪えていたものが溢れ出るのを、どうすることもできなかった。

「なぁ、何回だ？」

低い声で言い、黒瀬をねめつける。黒瀬はハンドルを握ったまま前を見ていた。チラリとこちらを一瞥しただけで、答えようとはしない。

そのふてぶてしさを鼻で嗤った。そうだ。出会った時から、黒瀬はこんなだった。少しも変わっていない。以前はそれをただ冷酷さからくるものと思っていたが、違う。

その行動の裏にある愛情がわかるからこそ、余計に腹立たしい。

「今年に入って何回命を狙われたんだよ。俺が知ってるだけで三回。本当は何回だ？」

答えはなかった。やはり自分が知っているのはごく一部だったのかと、ますます腹が立ってくる。

「言えよ」

「今日のはただの事故だ。俺を狙ったものじゃない」

「そんなことはわかってる！」

なぜこんなに苛立つのか。それほど今日のことに参っているのかもしれない。黒瀬が黒煙の中から出てくるまでのわずかな時間が、どれほど五色の心をかき乱しただろう。

「爆発が二回。狙撃が一回。銃撃は数えてない。俺だけを狙ったものとは限らないからな。車で移動中に横から追突されたのが一回。そのまま銃撃戦になったのは俺が目的だったようだから、それを入れると最低四回ってとこだな」

隠していたことを反省する様子もなく、次々と言い放つ黒瀬にますます怒りが込みあげてくる。

「なんだよ……っ、なんで黙ってたんだよ！」

「心配かけたくなかった」

「車を停めろ！」

「怒ってるのか？」

「いいから停めろ！」

ジープは敷地内の灯りの少ないほうへ向かった。停車した途端、胸倉を摑み、怒りをぶつける。

「またかよ！　二岡の時も……Sアルファが見つかった時もそうだっただろ……っ」

黒瀬は脱いだ軍帽を後部座席に放り投げた。乱れた前髪の向こうから覗く瞳に、心臓が大きく跳ねる。傾けられた顔が近づいてくるのを凝視することしかできない。

意志の強さを表したような眉。深い色の瞳。頰骨や鼻筋の凹凸。無駄口を叩かない硬質な口許。その中で、微かに開いた唇から覗く舌先がかろうじて生の欲望を感じさせる。

ほんの一瞬のできごとだ。唇が重ねられるまでのほんの一瞬の間に、黒瀬の姿は心に焼きついて五色の奥にいる獣を刺激する。

なんて色気のある男だろう。

虜になった相手の魅力でねじ伏せられるように、唇を奪われる。

「——ぅん……っ」

いきなり無遠慮な舌で口内を舐め回され、戸惑いの中に突き落とされる。押し返して唇を拭った自分の息が、これまでにないくらい熱いのを感じていた。

「どういう……つもりだよ？　こんなことで、誤魔化されるとでも……思ってんのかよ」

「伊坂とはどんな話をしてる？」

突然の質問に、反応できなかった。なぜ今、伊坂の話が出てくるのか。

「ど、どんなって……チェスしながら、世間話だよ。これからオメガが暮らしやすい世の中になるのかとか」

「そうか」

「何誤魔化してんだよ」

「ウイルスの存在を『ＡＡｓＡ』が把握している可能性が出てきた」

息を呑んだ。真夜中の湖面のような色をした瞳の静けさが、この状況をより悪いものに思わせる。

「危険が、増したって……ことか？」

頷《うなず》きはしなかったが、まっすぐに見つめてくる視線がそれを肯定していた。初めて見た伊坂の姿が脳裏に蘇る。発情がとまらず、身悶えていた彼の姿が。

伊坂の記憶が戻ればどこで感染させられたのかわかるのに、いまだその兆候は見られない。

「ここが襲われない限り、大丈夫なんだろ?」

「ああ、外部からの侵入は不可能だ」

「軍の内部に『AAsA』はいないよな?」

「ウイルスに関わる人間は、再度身元調査を行った」

「抗ウイルス剤は?」

「開発中だが順調に運んでいる」

言葉で確かめるほど、危機感が募った。

どれだけ大丈夫だと言われても、一度脳裏に浮かんだ発情し続けるオメガの姿は消えてくれない。感染すれば、自分もあんなふうになるのか。ウイルスを奪われて手を加えられ、感染力が高まったものがばらまかれでもしたら。

「俺が感染したら、玲が宥めてくれるんだろ?」

「もちろんだ」

「だったら……俺は心配しない」

のし掛かってくる黒瀬の首に腕を回す。もうぐちゃぐちゃだ。

「玲……っ」

自分のことばかりだった。自分の不安に囚われてばかりで、黒瀬の直面しているものに気づいてやれなかった。こんなだから、黙っていたのかもしれない。

アルファ製造工場とも言える『ＡＡｓＡ』の施設を摘発し、命を狙われ、そのうえウイルスのせいで新たな懸念が生じている。これだけのことを抱えているのだ。精神的な負担は大きいだろう。

張りつめた時間の連続。帰れない日々を思うと、それがどれだけのものか想像がつく。

「ぜんぶ……共有させろよ、玲」

幸せも危機感も。だが、そうするには強さが必要だ。

「そうだな。黙ってて悪かった」

「いつもじゃないか」

「次は言うよ。保証はできないが」

「何が保証……、……はぁ……っ」

首筋に顔を埋められた瞬間、ムンとする黒瀬の匂いに総毛立った。体臭とは違う独特の濃さ。フェロモンなのかもしれない。それは五色の鼻孔をくすぐり、体内に入ると次々と細胞を冒していく。

広い敷地とはいえ、時折、軍の車輌が近くを通った。それを意識しながら、行為に溺れていく。

秋が深まるにつれて楓が紅葉するように、黒瀬への想いが深まるほどに五色は自分が色濃く染められていく気がした。穏やかな日常を埋め尽くしていたはずのそれは、いつしか燃える夕日の色と重なる。

熱を持ったように色づくこの季節だからこそ、躰の奥にそれを感じずにはいられなかった。

熱を抱えていた。心に炙られた情欲は満たされることなく、五色の中で熱を発し続けている。

「ぁ……っ」

こんなところで即物的に繋がろうとする自分が、とてつもなく浅ましく思えて余計に昂った。だけど今回だけだ。

そんな言い訳を繰り返しながら、黒瀬が求めるまま身を差し出す。

座席に押し込められた格好で、靴下だけを残して下半身を覆っているものをあっさりと剝ぎ取られた。シャツも上着も身につけた状態で膝を肩に抱えられる。

「玲……っ!」

じゅくじゅくに濡れた下半身が、しきりに訴えていた。

繫がりたい。深く繫がって、黒瀬を感じたい。

こんなふうに躰を繋ぎたがるのは、不安を消したいからなのかもしれない。けれども、現実から目を逸らす瞬間があったっていいじゃないか。

望みを叶えてやろうとでもいうのか、二人の足りない時間を埋めるように、黒瀬は密度の高い触れかたで五色に火を放っていった。

「ぁ……あ……ん、……んっ」

躰を小さく折り畳まれ、蜜を溢れさせる場所を指で探られる。十分に潤っていることを悟られるのが恥ずかしいが、いつも以上に丹念に触れてくる。

「玲……っ、早く……、ぅう……ん……、んっ、んっ、んっ」

黙れとばかりに唇を奪われた。

まだだ。

そんな声が聞こえてきそうだ。もっとはしたなく求めなければくれてやらないとでもいうのだろうか。飢えは次第に五色の理性を蝕《むしば》んでいき、後ろがヒクヒクといやらしく収縮しはじめる。

「ぅん……ん、んんっ、……はや、く……、……ぅん……っ」

黒瀬は軍帽を脱いだだけで、軍服は少しも乱れさせずに五色ばかりを翻弄する。そんなところが憎らしくて、恨めしかった。そして、いとおしい。

「んぁ……っ、……ぁ……あ……ん、——ぅん」

上質な生地は手触りもいいが、かっちりと仕立てられた軍服はポケットのフラップや階級章など、柔肌には刺激が強い。理性で固められたような黒瀬と比べて、五色の無防備なことといったら。

シャツをたくしあげられて露わになった胸の突起が、フラップの凹凸に刺激される。擦れてツンと立ちあがったそれは、より敏感になり、布地で擦られただけで躰がビクンと跳ねた。

「玲……っ、れ……っ、――っ……くぅ！」

たまらず訴えるとジワリと指が侵入してきて、息を呑んだ。欲しかったはずなのに、いざ体内にそれが入ってくると異物感に逃げ出したくなる。同時に、欲深い蕾《つぼみ》はむしゃぶりついて放そうとはしない。

頼むから、そんなに吸いつかないでくれ。

自制できない己の躰にそう訴える。

「ぁあ……ぁ、……はぁ……っ、……ぁ……あ……ぁ、……ッふ、……ぁ」

濡れた音が、五色の本音が、次々と聞こえてくる。

耳を塞ぎたかった。黒瀬にも届いているのかと思うと羞恥は媚薬のように作用し、欲しがる躰はさらなる刺激を求める。

すぐ近くから瞳を覗かれ、どうすれば満たしてくれるのかと、口づけ、できる限りいやらしく黒瀬の唇を吸った。

「ぅん……っ、んっ」

唇を甘噛みして誘ったが、そんな稚拙な愛撫ではくれてやらないぞとばかりに見つめられた。理性の鎧で固めたままの黒瀬の視線を浴びるほど、ジリジリと情欲に炙られる。

己の硬質さが五色の被虐を目覚めさせているのだと、本人は気づいているだろうか。

どうしたらこの男を翻弄できるのかと思うが、答えは見つからぬまま自分ばかりが熱くなっていった。涙で視界が揺れ、快感に震える。

「ぁあ……っ、……ぁあ……ぁ、……ッふ、……ぅう……っく！」

指を二本に増やされ、つま先まで痺《しび》れが広がった。狂おしい愛撫にかぶりを振るが、狭い車内に逃げ場などない。

「こうか？」

聞かれ、何度も頷いた。そうだ。それだ。そんなふうにしてほしかった。

「な、なんで……見るんだよ？」

「焼きつけたいからだ」

「……っ」

「お前が悦ぶ姿を、目に焼きつけたい」

「ああ、あぁ、……あぁ……ぁ、……んぁ……っ」

快感に溺れた。

もがいてももがいても、ちっとも楽にならない。それどころか、さらなる深みにはまって抜け出せなくなる。

そんな。そんな……。

何度も心の中で繰り返し、己の肉欲の深さを思い知らされる。このまま溺れてしまえばいいのに、黒瀬の視線が理性を完全に手放すことをためらわせていた。

「も……いい、加減……っ、……っく、……いい、だろ」

懇願したが、黒瀬の視線は注がれたままだ。

「俺が欲しいか？」

耳がカッと熱くなった。

溢れる本音は隠しようのないくらい大きな渦となって五色の心をさらい、それ以外のことが考えられなくなる。

欲しい。それが欲しい。それが。

声にならない声が届いたのか、黒瀬は上着のボタンすら外さず手早く前をくつろげた。

理性の鎧で固めた姿の中で、取り出されたものだけが動物的で息を呑む。硬質さが際立つ軍服を着ていながら、そこだけがあからさまな欲望を振りまいていて、そのギャップに黒瀬の自分に向ける欲の深さを感じずにはいられなかった。

反り返ったそれは、獲物を前にした肉食獣が唸《うな》りながら涎《よだれ》を垂らしているように、五色を前に滴をしたたらせている。

早く貪りついてほしいと願うのは、罪深いことだろうか。

「玲……っ、はや、く……、……はや……、ぁあ……ぁああ……っ」

あてがわれるなりジワリと押し広げられ、五色は目をきつく閉じた。

ああ、入ってくる。

そんなふうに堪能してしまうほど、待ちわびていたのか。味わってしまうほど。

肩に脚を担がれたまま、見つめられる。微かに熱情の浮かんだ目許に、心が震えた。指を膝から脛《すね》へと滑らせる黒瀬を恨めしく思いながら、味わってしまう。

「――んあぁぁー……っ！」

根元まで深々と収められた瞬間。感極まった声が溢れた。

黒瀬が、中にいる。

「あっ」

膝に軽く歯を当ててくる。躰が跳ねた瞬間、黒瀬が中でドクンと大きく脈打った。まるで促したようで、耳まで真っ赤になる。

「あぁ、ぁ……あ……、んあぁぁ……、んぁ、……はぁ……っ、んん……ぁ」

腰を使われ、舌を膝に這わされて我を失った。

そんなところが感じるなんて。

むしゃぶりつく黒瀬の姿を凝視せずにはいられない。食事の時ですら、こんなふうに夢中で貪ったことがあっただろうか。

だが、行儀の悪い黒瀬もまた、性的な魅力に溢れていた。むしろそんな姿が五色の欲望に火をつける。驚きが快感に直結していた。

五色の視線に気づいたのか、黒瀬は視線を合わせたまま見せつけるように舌を這わせてくる。

「……ぁ……っ」

さらに靴下を脱がされ、羞恥を煽られた。足首から下が外気にさらされただけで、なぜこんなにも恥ずかしいのか。子供たちと庭で遊ぶ時など、素足になることもよくあるというのに。

「やっ、あっ、待……っ」

足首を摑まれ、無理な体勢のままガリリ、とくるぶしを嚙まれた。無防備になったそこは、好き放題黒瀬に舐め回され、歯を立てられ、遊ばれる。このまま溺れてしまおうと思った。理性を完全に手放したほうが、きっと楽になれる。

「やっ！　あっ！　……玲っ、……玲……」

「春、お前……そろそろ発情期か？」

「……っ」

突然の指摘に我に返った。捨てるはずの理性は指先に絡みつき、再び五色に羞恥を思い出させる。

「そうなんだろう？」

そうだ。薬で抑えているが、その時期が近い。

「わか、る……のか……、……はぁ……っ、……ぁあ……あ……っ」

「なんとなく、な……、……お前の……匂いが、濃い」

匂いが濃い。

さりげないひとことが恥ずかしい。

「そんなこと、今まで……言ったこと……っ、……っく、……ぁ……あ」

「言ったら怒るだろう？」

「怒るに……決まって……、……ぁあ……っ」

「薬で、抑えていても……わかる……、……っく、お前が……欲しがっているのが」

「言う、な……」

言わないでくれ。

どんなにコントロールしようが、その時期になると黒瀬が欲しくてたまらなくなる。この厄介な熱情をどう扱えばいいのか、わからない。

「欲しいなら欲しいと言え」

「欲しい……っ、……玲……っ、玲の、ぜんぶ……」

膝が震え、身も心も悦びに噎び泣く。

後ろが柔らかくほぐれて、さらに深く黒瀬を呑み込もうとしていた。普段は貞淑な堅さで侵入を拒絶することもあるのに、今日は違う。欲深い自分を宥める術が見つからなかった。

「春……っ、……っく、……はぁ……っ」

荒々しい黒瀬の息遣いに煽られた。怖くなるほど昂っている。自分は、いったいどこまで上りつめるのだろう。

「ぁ……、あっ、……ぁっ」

容赦なく腰を使われ、つま先が、踵が、黒瀬が腰を打ちつけてくるたびに車内のあちこちに当たった。黒瀬の動きに合わせて、車が微かに揺れている気がする。

「出すぞ」

欲情でかすれた声が注がれたかと思うと、ドクンと根元のコブが肥大し、しっかりと繋がる。そしてアルファ特有の、長い、長い射精が始まった。

「ぁあ……っ、あぁっ、……あぁ……ぁ、……あぁ……ッ」

声を殺そうにも、唇を結んでいられない。

この瞬間が、一番厄介だ。

好きなのか苦手なのか、よくわからなかった。躰は確かに噎び泣いているが、計測不可能な愉楽を注がれて悲鳴をあげている。注がれている間、黒瀬の昂りは何度も大きく脈打ち、五色を刺激した。熱い迸りで満たされていくのを感じ、甘い毒に冒されたように躰の芯が疼きっぱなしだ。ビクビクとつま先が痙攣《けいれん》している。

「うう……ん、んぅ」

唇を塞がれ、ますます追いつめられた。

何度も口づける黒瀬に、確かに愛されていると、この行為は第二の性とはまったく関係ないと確信する。求められるほど悦びは増し、終わらない黒瀬の射精をいくらでも受けとめられる気がした。

ありったけを、注いでほしい。

闇に溶け込む車内で、二人は自分たちが番であることをいつまでも噛み締めていた。


辺りは静かだった。

自分の膝を抱きかかえ、運転席に背中を向けて助手席に横たわる五色に、軍服の上着がかけられていた。裸の脚が上着の裾から覗いている。

剝ぎ取られた衣服を再び身につける気力もなく、五色はただ放心していた。

「平気か？」

「……な、わけ……ない」

自分が溢れさせたもので座席が濡れている。これをどうしようかと考えるが、頭が働かない。

後ろから抱き締められ、黒瀬の体温を感じた。こうしているだけで落ち着く。行為の激しさが嘘のように、穏やかさで包んでくれる。

しばらくそうしていたが、ふと黒瀬の言葉を思い出す。

「ウイルスの存在を……『ＡＡｓＡ』が知ってる可能性って……？」

耳元で軽いため息が聞こえた。ゆっくりと躰が離れていき、黒瀬の体温が薄らいでいく。

それに物足りなさを覚えながらも、今聞いておきたかった。

「ヘッドハンティングした会社を調べた。ウイルスを持ち出した研究員をその会社に紹介した人間がいる。そいつが『ＡＡｓＡ』と関わりがある可能性が出てきた」

「じゃあ、最初からウイルス目的ってことかよ？」

「ああ。軍より早くウイルスの情報を手にしていたかもしれない」

政界や経済界のあらゆる場所に、その思想を持つ人間が潜り込んでいるのだ。一筋縄ではいかない。軍以上の情報収集能力があるとしても不思議ではなかった。

　あまりに強大な力を持っている。

「心配するな。奴らの思うようにはさせない」

「わかった。玲を信じるよ」

　どれほど過酷な任務だろう。アルファ製造工場とも言える『ＡＡｓＡ』の施設をいくつも摘発し、自分も命を狙われながら新たなウイルスの脅威と戦っている。不安がないわけではないが、せめて黒瀬の言葉を信じることで、寄り添いたかった。

「子供たちが大人になる頃には、今よりずっといい環境が整う。そうだろ?」

「ああ。必ずな」

　しっかりとした口調はハッタリでも虚勢でもなく、黒瀬の覚悟だ。今はそれで十分だった。保証や安心などなくとも、黒瀬が言いきってくれることで心が安定を保てる。

「そろそろ帰るか。シッターが待ってる」

　時間を聞くと、二時間が過ぎていた。慌てて飛び起きようとしたが、甘い疲労の残る躰は思ったように動かない。ノロノロと身を起こす。

「……やばい。下着、拾ってくれ。靴下も」

「どこだ?」

「どこって、玲がどっかに放っただろ?」

黒瀬が座席の下を覗くが、すぐに見つからないようだ。頭を座席の間に突っ込んで探している。しばらくごそごそやっていたが、「ほら」と先に左の靴下だけ渡された。しかし、パンツと右の靴下が見つからない。

「とりあえず服を着ろ」

「わかってるって」

シャツを着て、右だけ靴下を履く。ズボンは持ったままだ。

「どこやったんだよ？」

「今探してる」

「ノーパンで帰れってのか？」

「それがいい」

「どっかに落ちてるって。こんな狭い車内でなくすわけないだろ？」

躰が回復してきたため、黒瀬を押しのけて自分で探した。だが、どこにも見当たらない。

「あれ、本当にない」

床はすっきりしたもので、一目瞭然だった。シートの隙間に手を突っ込んでも何も見つからない。他にも入り込みそうな隙間を探したが、同じだ。

仕方なく、下着をつけずにズボンを穿《は》いた。もう一度明るいところで探せばいい。

「明日探すの手伝えよ」

「それには及ばない」

「え？」

黒瀬は軍服の尻ポケットからハンカチのようなものをスルリと抜き取って、顔の横でぶらぶらさせた。靴下だ。じっと見つめてくる表情は、司法取引の交渉でもするかのように冷静で、ぶらつかせている靴下の滑稽さが極まって羞恥心を刺激される。

「ちょ……っ」

ひったくろうとしたが、伸ばした手はふわりと躱された。さらに黒瀬は、胸ポケットを探ってスルリと白い布を抜き取る。

言わずもがな。少し前まで五色の下半身を覆っていたものだ。

「変態かよっ！」

「これで俺の気持ちが少しはわかっただろう？」

「――っ！」

「どうして右ばかり持っていくんだ」

顔がカッと熱くなった。

巣作り。

黒瀬の手袋や靴下をこっそりため込んでいたのを、黒瀬は知っている。

今まで知らん顔を決め込んでくれていたから、それでいいと思っていた。この先もずっと見逃してくれると。

「さぞかし立派な巣穴ができてるんだろうな。今度見せてくれ」

「玲っ！」

　ククッ、と笑いながら意味深な視線を送ってくる黒瀬に、強い口調で言えなくなった。見られるのが恥ずかしく、両手で顔を覆って懇願する。

「か、返せよ」

「断る」

「……返せってば」

「お前は好き放題俺のものを持っていくんだ。俺も一つくらい持ってたっていいだろう」

「一つじゃない。二つだろ？」

「じゃあ二つだ。こいつは俺が持っておく」

「変態」

「俺が変態ならお前もだ」

「お、俺のはオメガの習性だよ」

「だったら俺の習性も受け入れろ」

　何を言っても勝てそうになかった。

「ったく……何が習性だよ」

不満ながらも、どこか心が浮き立っていた。

ぶすくれたまま前を見ていたが、つい顔が緩む。

黒瀬がこんなイタズラを仕掛けてくるなんて、信じられない。おかしくなって、肩を震わせた。次第に抑えきれなくなってきた。

そんな五色を黒瀬は不思議そうな目で一瞥したが、笑っているなら理由などなんでもいいとばかりにまた前を見る。

困った。黒瀬が大好きだ。


黒瀬と抱き合ってから、五色の心は安定した。

子供たちの世話をし、定期的に軍の病院で検査を受け、伊坂の話し相手になって屋敷に帰る。伊坂とは随分と打ち解け、笑顔もよく見られるようになった。

伊坂のチェスの腕もかなりあがっていて、油断すると負けそうになるくらいだ。

「チェックメイト」

「あ！　わ〜、また負けた〜。今度こそ勝てると思ったのに〜」

頭を抱える伊坂を見て、五色は破顔した。以前は弾けるような感情を見せたことはなかった。不安と戸惑い。そして焦り。急な流れに落ちたゴムボールのように、ぷかぷかと浮かんで翻弄されていた。けれども、いつしかあるべき場所に流れ着く。

今は地面をしっかりと捉え、勢いよくバウンドしていた。

「今までで一番手強かったよ」

「え、本当ですか？」

「ああ、武田先生よりずっと上手い」

「武田先生？」

「あれ、知らない？」

意外だった。発情が収まらなかった伊坂のために、武田は軍に協力したというのに。今も自分の診療所を最低限にとどめ、伊坂のためにここに通いつめているはずだ。

「俺が世話になった人だ。伊坂君がウイルスに感染して大変だった時に、力を貸してくれた人だよ」

「そうだったんですか。僕、何も知らなくて。えっと、名前……武田先生ですか」

「そう。年齢は七十過ぎで筋肉質の人、知らない？　もと格闘家って感じの人」

「あ、はい。多分あの人だ。名前聞いてなかったから。武田先生っていうんですね。武田先生か」

伊坂は、記憶に刻むように何度も名前をつぶやいた。

「もう一回やる?」

「はい、今度こそ勝ちます」

笑いながら駒を並べる。

「武田先生はオメガのために診療所で診察をしてるんだ。しかも格安で。先生の漢方って躰に負担にならないうえによく効くから、俺も世話になってる」

「僕たちオメガの味方みたいな人なんですね」

「味方か。あはは、そうだな」

駒を並べ終えると、白と黒の駒をそれぞれ左右の手に握って順番を決め、流れるように勝負が始まる。ルールも知らなかった頃から比べると、かなりの進歩だ。

「じゃあ、お礼を言わなきゃ」伊坂が手始めにポーンで様子を探ってくる。

「喜ぶよ、きっと」無理せずポーン。

「あ、でも最近は会うことはなくて」ビショップが動いた。

「そうなんだ」ルークに手を伸ばす。

「武田先生って人は、今も軍に来てるんですか?」手がとまった。まだ序盤だというのに、動こうとしない。笑顔も消えた。

「うん、来てると思う」

戦略を練りながら、なぜ武田の名前すら知らなかったのか考える。

伊坂の身元が判明してから、恋仲だった女性が彼の母親だとわかった。そしてその時、武田は自分がしゃしゃり出るのはよくない、と。

だから、あえて直接の接触を避けているのかもしれない。

少し待ったが、伊坂は前を見たままだ。

「どうかした?」

「あっ、ごめんなさい。ぼんやりしちゃって」

「もしかして疲れたのか?」

「ああ、いえ。本当になんでもないんです」

「やめとく?」

どう見てもチェスを楽しんでいるとは思えなかった。五色の予想は当たっていたらしく、手をテーブルから下ろしてこめかみを指で揉《も》む。

「先生呼ぼうか?」

「いいえ、大丈夫です。ただ……」

五色は黙って待った。言葉が出ない時は、無理に聞かないほうがいい。

「僕はいつになったら外に出られるんですかね?」

ため息とともに零された本音が、五色の庇護欲《ひごよく》を掻《か》き立てた。そんなものが自分にあるのが不思議だが、弱った者をどうにかしてやりたいと思うのは、人として当然かもしれない。


「そうだな。ウイルスも躰からは消滅したんだし、そろそろ外出したいよな」

「でも難しいですよね。本当はここにいるのが一番いいのもわかってるんです。記憶が戻らなかったら仕事もできないから」

そのとおりだ。ここに軟禁状態なのは安全のためでもあるが、生きる手段がない伊坂を護るためでもある。一生両親に養ってもらうわけにはいかないだろう。充実した人生を送るためにも、これまで積みあげてきたものを取り戻したほうがいい。

本当に記憶が戻るのかという不安も、伊坂にこんな顔をさせているに違いない。

「じゃあ、外出許可を取ったら？　自分の部屋に戻ったら何か変わるかも。確かマンションの一室が工房になってるって聞いた。見たら思い出すかも」

言いながらいい考えだと思った。なぜ今まで気づかなかったのだろう。

「でも……」

「相談してみろよ。俺からも言っておくから」

「え、いいんですか？」

「俺の意見がどの程度影響するかわからないけど」

「じゃあ、頼んでみようかな」

伊坂の表情が明るくなる。

いつもはこのまま帰るが、今日は病室を出たあと伊坂の件を相談しに担当医のところへ向かった。

ウイルスが消滅した今、検討の余地はあると軍医は言った。軍上層部の意向もあるためすぐに結論は出せないが、無理な話ではないという。黒瀬にも五色から頼んでおけば近いうちに実現するかもしれない。

シッターに連絡を入れると、電話の向こうでアルの声がした。ブーケがどうのと言っている。五色が留守の間に、結婚式の準備が着々と進められているようだ。子供たちだけでは準備が難しいため、別途報酬を支払ってシッターに協力を頼んだ。情報を流してもらい、五色が準備の一端を担う。

今は当日のケーキを選んでいるらしい。

自分で準備をしているようなものだが、子供たちが考えたと思うと照れ臭いメッセージ入りの飾りをつけてもらうのも平気でできる。

パパとママの結婚式。

こっそり準備を進める子供たちを想像するだけで、満ち足りた気分になった。自分がその日を楽しみにしているのが、不思議だ。仕方なくつき合うのではない。子供たちの前で、親しい友人たちの前で、永遠の愛を誓いたかった。

空を見あげると、落涙しそうな雲が広がっている。気が滅入る色をしているが、今の五色はどんなに冷たい雨が降っても平気だ。

　鮮やかな色の傘を差せば、足取りも軽くなる。むしろ、雨があがるのを心待ちにする余裕があった。


　その日の夜。

　黒瀬は伊坂の担当医に呼ばれ、病院へと足を運んだ。担当医は黒瀬の姿を見るなり頭を下げ、用件を手短に言う。

「外出許可？」

「はい」

　伊坂は一向に記憶が戻る気配はなく、何か違うことを試みてはどうかという。いつまでここに閉じ込めておくのかという、倫理的な問題もある。

「新しい刺激を与えたほうが、進展が見られるかもしれません」

　ここから伊坂を出すのは、気が進まなかった。不明なことが多すぎて、まだ安心できない。

　だが、担当医の言うこともっともだ。オメガをいつまでも軍の病院に軟禁していることが表沙汰になれば、何を言われるかわからない。

ようやく再編成を終えた上層部を解体なんて話が出たら、再び私利私欲に満ちた軍人が実権を奪いに来るかもしれないし、『AAsA』もここぞとばかりに息のかかった者を送り込んでくるだろう。

「このままでは記憶が戻る可能性はないってことか？」

「ゼロとは言いませんが、可能性は低いでしょう。ウイルスは消滅してますし、誰かに感染させる危険はありません。アンプルもここで保管している以上、外部に流出はしないでしょうし」

五色や子供たちのためにも早期解決したい。

最近の伊坂の様子を聞くと、特におかしな行動を取るわけでもなく、医師の言うことを守っておとなしくしているらしい。

「録画はあるか？」

伊坂の病室を録ったものだ。先日五色が来た時のデータを出してもらった。楽しそうにチェスをする姿が映っている。

世間は狭いもので、伊坂の母親が夫と番になる前に恋仲になったのは武田だった。武田の話を聞いた限り、危険な思想とは無縁の女性だ。五色を通して武田のひととなりを知っているからこそ、その情報を信頼している。

また、夫婦がアルファの子を求めず息子に愛情を注いでいることからも、息子も含めて警戒すべき相手とは思えなかった。

「本人はなんと言ってる?」

「工房を見てみたいと。五色さんからも、そうしてほしいと頼んでくれと言われました」

「春が?」

情が移ったか。

血の繋がりのない子供たちへ注がれる惜しみない愛情から考えると、そうなって当然だった。一見冷たそうな印象だが、その内側には深く、緩やかな流れがある。

「わかった。阿合中将に許可を取る。その前に再度検査を頼む」

「検査ですか?」

「ああ」

慎重すぎると思ったのだろう。だが、念には念をだ。身の安全を保証できるなら、冷酷にもなれるし、容赦ない措置も取れる。

部屋を出て、本部に戻るジープに乗り込んだ。すぐにはエンジンをかけず、たまった疲れを吐き出すように、勢いよく細い息を吐き、胸ポケットを探る。

そこに入れていたのは『しょうたいじょう』だった。自分たちの結婚式の招待状。子供たちが手作りしたそれには、折り紙で作った花が貼りつけられている。

日付と時間、場所。『パパとママのけっこんしきをおこないます』と書かれている。絶対に遅刻しないようにとの注意書きは、メグだろう。しっかり者のメグの字は、子供たちの中でも飛び抜けて整っている。

これだけは護らなければならない。

心が穏やかになるのを感じ、気持ちを切り替えてエンジンをかけた。

鋭いまなじりに浮かんでいるのは。ある種の懸念だ。

五色との待ち合わせ場所で見た男の後ろ姿。二岡に似ていた。爆発騒ぎで見失ったのが、悔やまれる。

自分たちの周辺に漂う不穏な匂いを感じ、常に警戒の糸を張り巡らせていた。鈴のついた糸のように、触れれば音の鳴る罠《わな》にかかるものはなく、いまだ正体の見えない化け物と闘っている。

本当に存在しているかすら、わからないものと。


結婚式当日。

晩秋だというのに、その日は子供たちの計画を後押しするような陽気に恵まれた。朝から空は晴れ渡り、午後に向けて気温はどんどんあがっていく。冬支度に忙しい野生動物たちへの最後の恵みといったところだろうか。

子供たちが用意した『ひかえしつ』に呼ばれた五色は、目に飛び込んできた衣装をマジマジと眺めていた。

「これを着るのか」

ウエディングドレスも覚悟していたが、子供たちが選んだのはオフホワイトのタキシードだった。料理などの手配はシッターから聞いた五色がこっそり行ったが、これだけは当日まで見ないほうがいいと言われてその言葉に甘えた。正解だったようだ。

しかも、ブーケもなしだ。検討したらしいが、ママには似合わないと思ったのかもしれない。テーブルの上には、胸ポケットに差すブートニアが用意されている。

着るとあつらえもののようにぴったりだった。正装なんて窮屈そうだが、意外にも動きやすい。

「よぉ、五色ちゃん」

ドアのノックとほぼ同時に、矢内が顔を覗かせた。

「お！　似合ってんじゃねぇか」

「ドレスじゃなくてよかったです」

「子供だと思っても、ちゃんと見てやがるんだなぁ。かっこいいママに一番似合いそうなのを選びやがった」

「うちの子はみんな優秀ですから」

子供たちのセンスを褒められて得意な気分になる。

窓の外を見ると、あかね色に染まった楓が青空に映えていた。深まる秋は冬を呼び込む前に、美しい景色を見せてくれる。

「黒瀬の野郎はまだなのか？」

「ええ、仕事です。時間には間に合わせるって言ってたけど、どうかな」

昨晩戻る予定だったが、急な仕事だとかで朝になると連絡があった。

ちゃんと来られるといい。今日だけは来てほしい。

子供たちは物わかりがいいが、特別な日だ。今日まで準備してきた。その想いを、紅潮した頬を、落胆の色で染めたくない。

「大丈夫だよ、奴はなんとしても現れるさ」

「そうですね」

庭から子供たちの笑い声が聞こえてきた。武田も来たようで、久し振りのじいちゃんにみんな喜んでいる。しばらくすると、花嫁を呼びにメグがドアをノックする。

「ママ、そろそろ……わ、とってもすてき！」

タキシード姿に、メグは目を輝かせてクマのぬいぐるみをぎゅっと抱き締めた。花が咲いたような笑顔に五色の顔もほころぶ。

「似合ってるか?」

「とっても! はやくみんなにみせたい! ママいこう。ほら、ちくちくのおじちゃんもはやく!」

「カナタは泣いてないか?」

「だいじょうぶ。きょうはみんなでおせわするってきめたから、しんぱいしないで。あさからずっとごきげんなの。しろいおじいちゃんもいるからかんぺきよ」

「そうか。で、パパは?」

「さっきついたわ。けっこんしきにまにあわなくなるところだったなんて、パパはだめね。おしごともだいじだけど、ママとのぎしきのほうがもっとだいじなのに」

プーッ、とふくれているが、跳ねるツインテールからご機嫌なのがわかる。

会場は庭の楓のすぐ傍だった。手作りのチャペルがある。

花嫁の歩くウエディング・アイルには赤い絨毯が敷いてあり、それを挟む形でダイニングテーブルの椅子が並べられていた。中央の祭壇は、普段は廊下に置いているコンソールだ。

神父役はマルオだった。詰め襟の神父の衣装が妙に似合っている。ぽっこりしたお腹のせいだろうか。あまりに愛らしくて、抱きついて撫で回したくなる。

新婦の父親役は武田で、黒いタキシードが窮屈そうだった。

「あっ、やっとパパがきた！」

アルの声に、祭壇の前まで歩いてくる黒瀬に目が釘《くぎ》づけになる。

黒瀬は軍の正装だった。正式な場で身につけるそれは、肩や手首の装飾が普段のものよりゴージャスで、規律をイメージさせるそれとは違い、重厚さに貴族のような優雅さが加わる。しかも軍帽の鍔下から覗く瞳は、掘り出されたばかりの原石のように深く穏やかな色をしていた。

闇を抱えていた男の視線が、これほど変わるなんて。

幸せな時間が、黒瀬の中で澱《よど》んでいたものを少しずつ浄化していく。

「ママ、こっちよ。ここにたってて。おんがくがなったら、パパのところにあるいていくのよ」

了解、と返事をすると、メグは椅子に座っていたユウキたちのもとへ駆けていった。

「わしがこんな大役を務めるとはな」

「適任ですよ」

音楽が鳴りはじめると出された腕に手を回し、一歩一歩、黒瀬のもとへ向かう。

凝視と言っていいほど、子供たちの強い視線が自分に注がれているのがわかった。だが、真夏の日差しのように刺さってくるのではなく、強烈な光を放ちながらも、最後は夜空に吸い込まれる彗星《すいせい》のごとく五色の中にスッと入ってくる。

たくさん、たくさん見てくれ。

視線を浴びながら、子供たちに訴えた。

パパとママは番だ。誰にも邪魔できない。それは子供たちにとっての安住の場所であり、誰にも侵されない幸せの時間を意味している。

だから、安心していい。安心して、俺たちのもとで大人になってくれ。

「よく似合ってるぞ、春」

武田の腕に回した手を黒瀬へ移すと、耳元で囁かれる。口許を緩めて「玲もな」と言い、マルオ神父の前へ移動した。

「えっと、やめるときもっ！　すこやかなるときもっ！」

緊張しているのか、頬を紅潮させながら一所懸命覚えた台詞を口にする。

時々カンニングしているが、それもマルオらしくて微笑ましい。たどたどしい台詞を全部聞くまで何度笑いを噛み殺しただろう。誓いのキスを終え、再びウエディング・アイルを歩く。浴びせられたのはライスシャワーでも花びらでもなく、立派な楓の葉だ。たくさんの大きな手で拍手されているようで、悪くない。

「あのね、バラのはなびらにするかまよったの」

「そしたらパパが、かえでのはがいいって」

アルとタキが交互に訴えてくる。

「お前たちが準備してくれたんだ。なんでもいい。それに、ママはこの庭が好きだから、今しかない紅葉した楓はいいアイデアだと思うぞ」

「ほんとっ」

「ああ、本当だ」

「じゃあ、だいせいこうだ！　パパのいうとおりにしてよかった」

両手を挙げて飛び跳ねる子供たちに、五色の心も軽やかに弾ける。

結婚式が無事に終わると準備した料理を運んで披露宴となるが、ケーキ入刀の際、満たされた黒瀬の表情にわずかな睡魔が見えた。当然だ。今日くらい仕事を休むだろうと思っていたが、結局ギリギリまで仕事だった。無理をしたのだろう。

「今日は寝たのか？」

こっそり聞くと、軽く笑っただけで誤魔化された。

テーブルには自分で注文したものが並んでいるが、選んだのはすべて子供たちだ。店の情報はシッターの手を借りたらしい。メグとヨウが協力してカナタの食事の世話をしているのを視界の隅に捉えながら、黒瀬とチキンを切り分け、キッシュの皿に手を伸ばし、熱々のスープをお替わりする。

「これ、全部あいつらが選んだんだぞ。すごいだろ？」

「どんどん成長するな。春のおかげだ。シッターにも礼をしないとな」

「ああ、随分協力してくれたみたいだからな」

食事を終えたユウキとアルが矢内に闘いを挑んでテーブルを離れると、メグたちがカナタと一緒に芝生を走り回る。

こんなにゆっくり過ごせるなんて、贅沢《ぜいたく》だ。

「玲、少しくらい寝ていいぞ」

五色は、自分の肩に寄りかかれるよう隣り合う椅子をぴったりとくっつけた。すると、躰を傾けて目を閉じる。

肩にかかる重みを感じていると、黒瀬が抱えているものがジワリと体内に入り込んでくるようだった。多くを背負い、人の上に立ってオメガのために少しでも世の中を変えようとしている。

この瞬間だけでも、支えたかった。重圧を共有したい。

手袋を外した手に手を重ね、指を絡ませる。繋いだ手のゆるいふくらみや窪《くぼ》み、出っ張りを眺め、自分よりもいくらか大きな手が、今は向かうところ敵なしの強靱《きょうじん》なものではなく、休息を必要とする一人の男のそれだと思うとますますいとおしく感じた。

さらに肩の重みが増した。眠りが深くなっていく。

こんな姿をさらすなんて、よほど疲れているのだろう。

悪党を退治するユウキの勇ましい声が、青空に響いた。目を覚ましたのか、同時に黒瀬がピクリと反応する。離れていく重みを手放したくなくて、手を少しだけ強く握った。

「寝てていいって」

めずらしく居眠りをしたのが照れ臭いのか、クスリと笑う気配がした。このまま離れていくのかと思ったが、再び肩に重みがかかる。

「春、そう、いえば……伝え忘れていた。許可が……出た」

眠そうな声で言われ、なんのことか聞き返す。

「伊坂の……ことだ。外出許可、……与えた、から……」

最後は消え入るほど小さく、心地よさそうな声だった。

「そう、よかった。ありがとう」

今も一人で病室にいるだろう伊坂を思い、嬉しくなった。彼にも自分が今感じているような安らかな時間が戻ってくるといい。

二人の様子に気づいたヨウが、マルオに耳打ちするのが見えた。するとマルオからメグ、タキ、アル、ユウキへと伝言ゲームが続く。メグとヨウが「マァマ」と口にするカナタの手を引いて歩いてきた。クルクルと笑うカナタの声は眠りを妨げるものではなく、むしろそれをより深くしているようだ。

子供たちに取り囲まれても、黒瀬が起きる気配はない。

しーっ、と指を当てて寝ているパパをみんなで覗き込み、顔を見合わせて笑っている。
くすくす。くすくす。うふふ。くすくす。
ひそめた笑い声は、秋色に染まった庭に棲《す》みつく妖精みたいだ。
この時間が永遠に続けばいい。
そう思えるほど幸せだった。

4

伊坂とともに本人のマンションを訪れたのは、結婚式の翌週だった。

外出許可を貰った、五色のおかげだ、と喜びながら報告してきた伊坂を見て、役に立てたことが嬉しかった。

子供のようにはしゃぐ伊坂は、初めてかもしれない。

チェスをしながら話しているうちに、このお礼に記憶を取り戻したら何か革製品をプレゼントしたいと言ってきた。一度は遠慮したが、他人の厚意は受けるべきだ。思い直し、どんな作品があるのか見に来た。

五色とは別に伊坂にも護衛はつくが、軍に保護されてから初めての外出とあって伊坂の表情は明るい。

「すみません。五色さんにつき合ってもらえるなんて」

「いいよ、帰りだし、ちょっと回り道してるくらいだから」

「お子さんは大丈夫ですか?」

「ああ、電話したらみんなおりこうにお昼寝してるってさ」

五色の軍への協力が始まって随分になる。はじめは気が気でなかったが、今は子供たちもママのいない時間に慣れてきて、長い留守番も平気だ。

結婚式の準備のおかげで、シッターへの信頼度があがったのもよかったらしい。

軍の車で伊坂のマンションまで来ると、三人の護衛のうち二人に案内されて部屋へと向かう。彼らにはドアの前で待ってもらい、伊坂と二人で部屋に入った。

「どうぞ。……って、なんだか他人の部屋みたいですけど」

「お邪魔しま～す。へぇ、結構片づいてる」

記憶が戻った時にいつでももとの生活に戻れるよう、家賃は両親が払っていると聞いていた。引き払って実家に戻るようにしてもいいのに、あえて残している。

ハンドメイド作家として努力を重ねてきた息子の気持ちを汲《く》み取っているのだろう。そんなところからも深い愛情を感じられた。

「ここで僕が生活してた」

ウイルスに感染してからまったく手をつけていない部屋は、伊坂の記憶に何かしら刺激を与えているのだろうか。凝視する目から、今までにない熱を感じた。

どれも、これも、埋もれた記憶を掘り起こすきっかけになっている。工房にしている部屋を覗いた時、特に顕著にそれは現れた。

「僕の……工房」

注文書だろうか。伊坂は机の上にあったノートに飛びつき、真剣な表情でパラパラとめくりはじめた。

自分の筆跡。自分が取った注文。自分の言葉で書かれた注意書き。目で追っている。

作りかけの作品もあった。手触りを確かめている。あまりに険しい表情に一瞬ざわ、と鳥肌が立った。

得体の知れないものが背後を通りすぎたみたいだった。道端のカラスに鉱物さながらの温度のない目で睨まれた時も、こんなふうになる。

「大丈夫か?」

「え? ……ええ、あの……これ、多分注文品です。どうしよう。お客さんに連絡しないままになってる。せっかく仕事が軌道に乗ってきたのに」

「軌道に乗ってきた?」

「あ……ごめんなさい。多分、そんな感じがするんです。僕、ここで何か……すごく熱中してたっていうか」

本人にだけわかる熱量の名残があるのだろうか。決して消えてしまったわけではなく、取り出せずに伊坂の奥底に眠っている記憶が、反応しているのかもしれない。

「お客さんに連絡取っていいですか? ここ、電話ないみたいだし、僕は携帯を持ってないから貸してもらえるとありがたいんですけど」

「いいよ。俺は俺で作品を見ながら何作ってもらうか考えるからさ、自分の好きにしたらいい。お客さんに連絡するでもなんでも」

「ありがとうございます」

ノートを見ながら電話をかける伊坂を尻目に、五色は壁にかけてある作品を順番に見ていった。財布やキーホルダー。パスケース。

どれも縫製がしっかりしていた。武田の薬局で働いていた頃、アンティーク家具に囲まれていたからか、職人の手の入った品物には惹《ひ》かれる。

伊坂の作品も、間違いなく手をかけられているとわかるものだった。丁寧な仕事ぶりが、処理の仕方に出ている。

五色が目をとめた作品は、リュックだった。カナタのおむつなどたくさん入れられそうで、出かける時にきっと便利だ。今使っているものは随分使い込んでいるため、欲しくなる。値段が張りそうで、これを要求するのは図々しいかと少し迷う。

「何か気に入ったのありました？　あ、リュック？」

「これすごく使いやすそうだけど、結構大きいから買うと高いんじゃない？」

「そんなの気にしないでください。五色さんが欲しいものをプレゼントしたいんです」

「じゃあ、遠慮なく」

伊坂は先ほどのノートに日付などを書き込んだ。異変を感じたのは、そろそろ部屋を出ようとした時だ。どうしたのかと聞くと、熱っぽいという。

「自分の工房見て興奮したのかな。頭がぽーっとしてきて」

「座る？」

心臓が嫌な動きをした。まさか。

よぎった考えを一蹴し、台所の棚の中からグラスを出して水道水を汲んで渡す。

「飲めるか？　とりあえず座って落ち着こう。大丈夫か？」

はい、と返ってきたが、どう見ても大丈夫そうではなかった。

発情。

咄嗟《とっさ》に浮かんだ二文字が、五色の心拍数をあげる。

「自分の発情期は把握してるよな？」

「……っ、……はい。たけだ、先生に……漢方を処方して、もらってるから……」

発情期はコントロールされている。武田の漢方が効かないはずがない。それなのに、伊坂の体調の変化は次第に顕著になってくる。

信じたくないものから目を逸らしたくなるのは人間の心理だが、曖昧だったそれは、目を逸らせないほどその形をはっきりと浮かびあがらせる。

ウイルスは消えたはずだ。消えたはずなのに。

鼓動が速いのは、この状況を前にしているからか、それとも自分もウイルスにさらされて影響を受けているのか。

「……はぁ……っ、……っく、――はぁ……っ！」

「伊坂君っ！」

倒れ込むところを支え、工房から出てベッドに座らせる。

『何かありましたか？』

外で待っていた警護の軍人が、ドアをノックした。どちらもまだ若い。もし伊坂の異変が発情で、彼らに番がいないなら、影響を受けるかもしれない。

「入ってこないでください。発情かもしれないんです。医療チームに連絡を！」

消えたはずのウイルス。躰のどこかに残っていて、活動を再開したのかもしれない。

「五色、さ……、……助けて……、何……これ……なに……っ、……はぁ……っ」

伊坂を部屋に残したまま自分だけ外に出て、鍵をかける。

咄嗟に浮かんだが、できなかった。

もし自分が感染していたら、部屋の外にウイルスを持ち出すかもしれない。空気感染はしないと言っていたが、消えたはずのウイルスが再び姿を現したとすると、それが今も有効だと考えないほうがいい。

何もわからない状態で外に出るのは危険だ。少しでも外部との接触を避けるべきだろう。

危機感や恐怖に、一度下した決断が決壊しそうになる。軍からの応援が駆けつけるまでだと、何度自分に言い聞かせたことか。

どのくらい経っただろうか。外で物音がし、医療スタッフの到着を告げられた。指示どおり玄関の鍵を開けて部屋の奥で待つ。

入ってきた医療スタッフは五人で、伊坂に防護シートを被せて部屋から連れ出した。続けて五色も護送車に乗り込む。窓すらなく、冷たい車内に体温が一気に下がった。つま先が痺れる。それでも、軍に向かっているだけで安心できた。

これで助かる。なんとかなる。

「伊坂君は大丈夫ですか?」

医師らしき男に聞いたが、返事がなかった。じっと前を見たまま動かない。

「あの、伊坂君は?」

再び聞いても反応は同じだ。そこでようやく自分がどんな状況に置かれているかわかった。どのスタッフも見たことがない。さらに、車に乗り込むまでに自分を警護していた軍人の姿を見ていないことにも気づいた。もちろん、伊坂についていた護衛もだ。

彼らはどこに行った。

嫌な予感とともに浮かんだ疑問の答えは、思いもよらぬ形で見つかる。

「早かったですね」

伊坂の冷静な声だった。気のせいだなんて慰めは、なんの役にも立たない。

「まさか……」

伊坂は発情していなかった。自分を包むシートを剝ぎ取り、医師の格好をした男の手を借りて中から出る。そして、ふぅ、と息をついたあと、五色を見下ろした。

顔つきがこれまでとまったく違う。

「やっと捕まえた。Sオメガの五色春さん」

一瞬で五色はすべてを理解した。

ここにいるのは全員『AAsA』の人間だ。


伊坂が五色とともに行方不明になったと連絡を受けた黒瀬は、まず子供たちを軍の施設に避難させるよう指示した。五色がさらわれたのだ。これ以上、相手に弱みを握られるわけにはいかない。

あれから半日が経っていた。いまだ五色の居場所はわからず、手掛かりすらない。

「まさか自らウイルスに感染して潜り込んでくるとはな。大佐の懸念は当たっていたってことか」

「ですが、結局すべてを見抜けませんでした」

「それは俺も同じだ。『AAsA』の実行メンバーにオメガがいるなんて情報はなかった」

阿合は黒瀬のチームとは別に『ＡＡｓＡ』専門の諜報部を設けている。摘発した施設からも情報は集めたが、オメガに子供を産む以上の役割を与えていない。それほど蔑んでいるのだ。

オメガに重要な仕事を任せる組織ではなかったはずだ。

「伊坂が特別だということか」

「わかりません。とにかく、今はウイルスと人質の奪還に全力を尽くします」

「頼むぞ。俺は上とかけ合う」

阿合に頭を下げ、部屋をあとにする。

外出許可を出すよう阿合に進言したのは、自分だ。

胸の奥にどす黒い熱源があって、全身を焼かれているようだ。護りたいのに、護れない。分厚いガラスの向こうで起きているできごとを眺めている気分だ。焦燥が鋭い爪で心を掻き、後悔の念に押し潰されそうになる。

だが、自分を罵っている時間があるなら、五色たちの行方を追うべきだ。

冷静になれ、と繰り返し、これまでの経緯をなぞる。

外出許可を出す前に、伊坂をポリグラフ検査にかけた。検査は万能ではないが、どうやって記憶障害を装ったのか、わからない。両親の息子への態度から見ても『ＡＡｓＡ』の思想に染まる環境ではなかった。

なぜだ。なぜ。どんな手を使って。

これで二度目だ。『AAsA』に出し抜かれたのは。何が悪かったのかと自問する。

施設内の病院に向かうと、部下たちが黒瀬を待っていた。

研究員たちから軍で保管していたウイルスが持ち出されたと報告されたのは、五色が行方不明になったと連絡が入ったのと同じ時刻だ。

「間違いありません。映像にも残っていました」

監視モニターの映像を確認する。武田がウイルスを盗むなんて、いったい何があったのだろう。

その時、映っていた武田が一瞬だけ監視カメラに視線を送ったように見えた。

「今のところをもう一度」

確かに一瞬だけ目が合う。自分を追えと、訴えているようだ。

裏切るような男ではない。五色を人質にアンプルを持ってくるよう脅迫されたと考えるべきだ。誰にも告げずに一人で行動を起こしたのには、理由があるだろう。

だから映像に残るようにしたのかもしれない。

「武田先生の携帯は追跡できたか？」

「途中まででは。ですが、信号が消えました」

「捨てたな」

「しかし、車輛を確認しました。現在も追跡中」

「そのまま追跡を続けてくれ。チームで追うから随時報告頼む」

黒瀬は招集した救出部隊と合流した。

これまで何度も施設を摘発してきたチームだ。アルファ製造工場に監禁され、子を産むための道具にされたオメガの中には、洗脳された者もいた。ひたすら助けを待っていたオメガよりも、彼ら、彼女らの救出のほうが何倍も難しかった。保護されるなら命を絶ったほうがマシと言う者まで。

だが、これまでただの一人も死なせたことはない。

武装した敵と戦いながら、オメガの命を護り抜いた部下たちだ。信じて、今回も任務を遂行するだけだ。

無線で連絡が入った。武田の乗った車をトンネルで見失ったという。想定内だ。捜索を続けるよう伝える。その場所まで一時間もかからないだろう。

武田が『ＡＡｓＡ』と接触すれば、ウイルスと五色を同時に手に入れることになる。連中はすぐに五色を発情させ、道具にする。

それだけは阻止しなければならない。

別のチームから伊坂のマンションに五色たちと一緒に向かった護衛たちが、意識を取り戻したと連絡が入った。当時の状況が伝えられる。

伊坂が発情したという五色の訴えを聞き、軍に救護を要請した。伊坂の担当医を中心とした医療チームが駆けつける予定だった。だが、先に到着したのは、彼らに扮《ふん》した『AAsA』のメンバーだったとわかる。

確認しうる正確な状況をすべて頭の中に叩き込み、次にどう動くか考える。

何度も五色を助ける瞬間を思い描いた。

自分の浅はかさが招いた。

どれだけ黒瀬の足を引っ張れば気が済むのだと、五色は悔しさに奥歯を噛んだ。

黒瀬に外出許可を出すよう頼んだのも、伊坂にスマートフォンを貸したのも自分だ。おそらく、あの時仲間に連絡したのだろう。万が一のことを考えて外部と連絡が取れないよう、伊坂には連絡手段を渡していないはずだった。それなのに自分が貸したのだ。外にいる時に。監視の目が届かない時に。

あの黒瀬が疲れを隠せないほど、入念に安全を確保していたのに何もかもぶち壊した。

それが腹立たしくてならない。

両手を躰の前で縛られて銃を突きつけられた五色は座っていることしかできず、伊坂をずっと睨んでいた。

「そんな顔しないでよ」

「自分が感染者になって軍に保護してもらうように仕組んだのか？　記憶を失ったふりして、俺に近づいたのか？」

ウイルスに感染したら自分だってどうなるかわからないのに、それでもアルファ至上主義を支持する気持ちが理解できない。

「僕たちの掲げている目的は崇高なものだ。それを実現させられるなら、犠牲になるくらいどうってことない」

平然と言いきられ、言葉が出なかった。何を言おうと通じない。凝り固まった考えを改めさせるのは、砂に深く埋もれた石像を掘り起こすのと同じだった。

サラサラと崩れ落ちる砂は、呑み込んだものを深く嚙んでビクともしない。冷たくて硬いそれは、手がつけられないほど深く沈む。

「五色さん、あんたの番は本当に優秀だ。僕をあそこまで徹底的に調べるなんて想定外だった。僕はオメガだよ？　しかも、ウイルスに感染した被害者なのに。それで十分欺けると思ってたけど、そう甘くなかったね。今後は舐めないようにしなきゃ」

でも、出し抜いた。どうやって。

黒瀬への称賛は、そのまま危機感へと繋がる。

ガタン、と車が大きく跳ねた。走っているのはアスファルトではないのか。山奥か。海の近くか。車ごと船に乗せられるかもしれない。潤沢な資金を持っている組織だ。どこへでも連れていくことができるだろう。

「まだ理解してないって顔だね。僕の記憶障害は本当だったんだよ」

「本当だった？」

「そう。あの部屋に入るまで、僕は本当に自分が何者かすらわからなかった。ウイルスで記憶障害が出るなんて情報もなかったしね」

タイヤが砂利を踏みしめる。少なくとも街中からは離れたらしい。

「でもそれが功を奏したよ。記憶をなくしてしまった僕はクリアした。これってさ、神様が僕に味方してる……つまり、僕らの考えが正しいって言ってるってことでしょ？」

皮肉なものだ。このことが、伊坂に自分の正しさを確信させた。だが、それは五色も同じだった。

どんなに優秀な人間でも、足を掬《すく》われることがある。なぜこのタイミングで。よりによって。生きていると、そう思いたくなるような偶然に必ず遭遇する。魔物にでくわしたように、あらゆる努力を台無しにされるのだ。綿密な計画も、完璧な作戦も通用しない。

黒瀬の能力の及ばない領域から仕掛けられたイタズラが、今の事態を引き起こしている。

つまり、嘆くことではないのだ。伊坂は勝ち誇った顔をしているが、この状況を招いたのがそんなあやふやなものだとわかると、むしろ心が据わる。

「何がおかしいの？」

伊坂に言われ、初めて自分が口許を緩めていたことに気づいた。

おかしくて肩を震わせる。項垂れ、ひとしきり嗤った。顔をあげると不審そうに自分を見る伊坂と目が合った。恐怖で心が壊れたと思ったかもしれない。

「なんだよ、ただの偶然かよ」

嗤い、伊坂を睨みあげた。その表情が、一瞬こわばったように見えた。そんな気がするだけなのかもしれない。

「あの玲を欺いたんだ。どんな強敵かと思ったら単に運がいいだけじゃないか。たまたま記憶障害が出ただって？　なんでそんなに自慢げなんだ？　偶然がなければ、玲に見抜かれてたってことだろ？　自らウイルスに感染してまで潜り込もうとしたってのに、自分たちの無能っぷりを露呈させるなんてドMだな」

「おい」

白衣を着た男の一人が、伊坂にこいつを黙らせろと訴えている。けれども五色の挑発が効いているのか、仲間の声は耳に届いていないらしい。

「負け惜しみ？」

「それはそっちだろ？」言いながら、中にいる男たち五人をぐるりと見回す。

「この計画を練ったのは伊坂、あんたか？」

場の空気が肯定していた。

「へぇ、アルファ様がオメガの計画に乗ったのか。オメガなんかの指示に従うなんて、たいした能力はないんだな。優秀なはずがない」

「おい、お前。いい加減にしろ。痛い目に遭いたいのか」

先ほどの男が苛立ちを隠せない声をあげた。他の男たちからも、殺気立った空気が放たれる。オメガなどにコケにされ、さぞ腹立たしいだろう。プライドが許すはずもない。

「落ち着きましょう。ウイルスももうすぐ手に入ります」

「本当だな？　随分計画と違うが」

「確かにそうですが、今のところそれがいい方向に動いてます。それにすぐに軌道修正できますから」

会話から、伊坂がどんな立場なのかわかった。この作戦においては重要な仕事を任されているらしいが、誰も対等とは思っていない。

しかも、伊坂はウイルスと五色の両方を奪う予定だったようだ。

欲しかったもののうち、一つはまだ手に入れていない。任務完了でないのなら、挽回《ばんかい》の余地はある。

「玲はお前を捕まえる。必ず助けにくる。偶然なんかの手を借りるんじゃなく、自分の能力を駆使してお前らをぶっ潰すよ。──ぐ……っ」

　手の甲で顔を打たれ、口の中に血の味が広がった。生きている。そう感じ、生きたまま黒瀬や子供たちのもとに帰ろうと心をしっかり保つ。

「黙れよ、五色さん。あんたがこれ以上しゃべると、ここにいる人たちが不快な気分になる」

　落ち着いた。伊坂に黒瀬を欺けるほどの能力があったのではないとわかった。黒瀬ですら太刀打ちできない相手なら絶望的だが、最悪の状況は続かないと信じられる。

　外の様子が変わった。大型車の走行音や重機が動いているような音が聞こえる。車がようやく停まり、外に出された。潮の濃い匂いとともに波の音がして海のすぐ傍だとわかる。

　すでに日は落ちているが、辺りは明るい。海沿いのコンビナートだった。

　ライトアップされたそれは、巨大な生き物のようだ。

「さっさと歩け！」

　せっつかれ、おとなしく従う。武装した男たちに囲まれていて、逃げる隙などなかった。

　水蒸気だろうか。白い煙を吐き出しているパイプがあり、ボイラーらしき音がする。時折、フォークリフトで荷物を運ぶ作業員の姿も見えた。だが、銃を突きつけられた五色を見ても、驚いた様子はない。一般人なのか、それとも『ＡＡｓＡ』の息のかかった人間なのか。どちらにしろ、ここで助けを求めても無駄なのだろう。

工場は実際に稼働している。隠れ簑《みの》として使っているに違いない。

海には巨大タンカーや貨物船が海獣のように浮かんでいた。このまま国外へ連れていかれたら、二度と戻れないだろう。一生囚われの身となり、命が尽きるまで子供を産まされる。

どのくらい歩かされただろうか。一台のワゴン車が通路の隅に停まっていた。中から出てきた男が誰かわかり、息を呑む。

「武田先生……っ!」

武田はブリーフケースを手にしていた。おそらくウイルスだ。武装した男たちに銃を向けられ、両手を挙げる。

「お望みのものを持ってきてやったぞ。五色を放してやってくれ」

「駄目。ウイルスが本物か確かめるまで、切り札を手渡すわけないでしょ?」

「こっちに来い! ゆっくりだ」

男の命令に従い、武田が近づいてきた。銃口を躰に押しつけられてあっさりとウイルスを渡す。

武田も手を縛られ、二人は歩かされた。チャンスを窺《うかが》うが、背中に銃口を押し当てられているため言うことを聞くしかない。

「武田先生。どうして先生が」

「すまん。わしのところに男が来て映像を見ろと言われた。お前さんの様子をリアルタイムで見せられたんだよ。従うほかなかった」

「ウイルスは本物ですか?」

「ああ。ずっと貼りつかれてたからな、偽物を用意する暇もなかった」

「おい、しゃべるな。黙って歩け!」

黒々と濡れたアスファルトを歩いていると、武田に耳打ちされる。

「おそらく軍がわしを追跡しておる」

その言葉を合図に、海を覆う湿った空気がその知らせを運んできた。見えずとも、火力の大きな武器が火を噴く様子が伝わってくる。

「乗れ!」

アルミ製の荷台のついたトラックに乗せられた。一緒に乗り込んできた伊坂は、落ち着いている。

「追っ手が来るなんて想定内だよ。それでも逃げきる自信がある」

コンビナートの近くには、貨物船やコンテナ船が数多く停泊していた。ここから海外へいろんなものが運ばれるのだ。

たとえ軍でも、コンビナートや港周辺を行き交う車輌のすべてをチェックするのは簡単ではない。港に入ってでも同じだ。コンテナの中にでも閉じ込められれば、発見はほぼ不可能だろう。出航予定のすべての貨物船にストップをかけるにしても、手続きに時間がかかる。その間に、船は港をあとにする。

自分の居場所を黒瀬に伝えられれば。

希望の灯はチラチラと揺れ、次の瞬間消えてしまいそうだった。銃口を向けられた今は何かをくべることすらできず、風に煽られるのを黙って見ているしかない。それでも五色は自分に言い続けた。

まだ、火は消えていない。


銃声が先ほどよりずっと遠かった。コンテナを運ぶ重機の音に紛れると、なんの音なのかわからない。

五色は、巨大な貨物船が停泊する港に連れてこられた。黒瀬たちはこちらに向かっているのか、それともコンビナート周辺で足止めを喰らっているのかは不明だ。

豪華客船が遠くに浮かんでいた。ライトアップされたコンビナートは、夜景スポットとしても注目されている。無数に見える窓の向こうでは、乗客たちが優雅な休日を楽しんでいるだろう。

美しい風景の中で、何が行われているとも知らずに。

「なぜ、こんなことをするんだ？　ご両親が泣くぞ」

「あなたが説教？　父を……僕の尊敬する父を苦しめておきながら偉そうに」

武田の言葉を嚙み潰して捨てるような言い方だった。それでも武田は疑問を投げかけるのをやめない。

「オメガの人権なんか認めない連中だぞ？」

「僕は彼らの思想に賛同してる。父のような立派な人が、世の中を動かすべきだ。そのために僕らオメガは子供をたくさん作らなきゃならないんだ。ベータのあんたが口を出すことじゃない」

「そろそろだ」

武装した男が、銃口を向けて進めと命令してくる。

「諦めて覚悟しなよ、五色さん。ウイルスに感染させてあげるから、発情しまくってアルファの子を身籠もればいい。何人できるかな？」

「お前さんもオメガなんだぞ！　よくもそんなことを……っ、——ぐ……っ！」

「武田先生っ」

銃把《グリップ》で顔を殴られた武田は、地面に血を吐いた。かなり深く切ったらしい。痛々しいが、伊坂は眉一つ動かさなかった。

その変貌振りに、伊坂が本当に記憶をなくしていたのだと実感した。気弱で優しかった伊坂は、今はどこにも見当たらない。

けれどもあれが演技でないとすれば、どこかにあの伊坂が存在しているんじゃないかとも思えた。間違った考えに取り憑《つ》かれているだけで、どこかに優しくて思い遣りのある青年がいるのではないかと。

「このウイルスはすごいよ。アルファが欲しくて欲しくてたまらなかった。通常の発情なんかとは比べものにならないくらい欲しくなる。五色さんも、僕たちの組織にいるたくさんのアルファと山ほど子供を作るといい」

歩いた先には、コンテナを積み込んだ大型の貨物船が停泊していた。他にも似たような船がある。乗り込めばさらに五色の捜索は困難になるはずだ。

「僕もこれが終わったら、たくさんのアルファを産むよ。たくさんね。黒瀬さんの子がいいな。だって彼はSアルファだもん」

うっとりと、それが自分に課せられた使命だと信じて疑わない目だった。

「乗るんだ」

銃口を背中に強く押し当てられ、タラップを上っていく。地面が少しずつ遠くなる。

大声で叫んでも届かないのなら、どうすれば黒瀬に居場所を伝えられるのか。考えるがいい案は浮かばない。

甲板に辿り着いた。夜空に星が瞬いている。

次に空を見あげる場所はいったいどこなのか。誰かと見あげることができるのか。一度は手にした幸せが指の間から星屑《ほしくず》のように零れていくようで、苦しくなる。

「先生、ご苦労様。あなたの役目はもう終わりだよ」

「――武田先生っ！」

ドボンと海が武田を呑み込んだ。手は縛られたままだ。冷たい海では、あっという間に体温を奪われる。数分で命を落とすだろう。

「放せ……っ、先生がっ、――ぐぅ……っ」

殴られた。

黒瀬はすぐそこまで追ってきているのに、声は届かない。ここだ。ここにいる。

痛みを堪えていると、伊坂が握り締めたブリーフケースが目に飛び込んできた。

あの中にはウイルスが入っている。船が出航すれば、二度と戻ってこられなくなる。海に落ちた武田の命も尽きる。

五色の脳裏に、軍に保護されたばかりの伊坂の姿が蘇った。

Sオメガのフェロモンがどれほど強烈なのか、よく知っている。

通常は番のいないアルファにしか影響しないが、五色の発情は番のいるアルファはもちろん、ベータさえ惑わせるのだ。付近には『AAsA』の連中だらけで、ほとんどが五色のフェロモンに影響されるはずだ。

この場を混乱させることができれば――。

恐ろしい考えだった。Sオメガの自分がウイルスに感染するのかもわからなかった。何より怖いのは、記憶障害になる可能性だ。

黒瀬や子供たちのことを忘れてしまったら。一生戻らなかったら。

ためらうが、今試しうることの中で一番有効な手段だ。二度と会えなくなるよりマシだ。時間もない。

五色は甲板に蹲ったまま、伊坂との距離を測った。

自分がSオメガである以上、多少のことでは殺されはしないだろう。だったら、やるしかない。決心するのと同時に躰が動く。

「……ぐ……っ、何す……っ、――っく！」

五色は伊坂が持っているブリーフケースに手を伸ばしていた。体当たりし、ケースを奪おうとする。手を噛まれた。激しい奪い合い。弾みでケースが開く。アンプルと注射器。まとめて摑んだ。

「捕まえてください！」

走った。銃声。足元が弾ける。

殺す気か、生きたまま捕らえろ、と怒号が飛び交う。

コンテナの裏に隠れ、足と手を使ってなんとか注射器にアンプルをセットした。一瞬ためらう。黒瀬に、子供たちにもう一度会うためだ。そう言い聞かせ、シャツをめくって針を突き立てる。

「――っく！」

ウイルスを体内に送り込んだ。もう後戻りはできない。

「動くな！」

銃を持った男に見つかった。空のアンプルが装着された注射器をコンテナの隙間に蹴り入れて隠す。

「早くこいつを連れていけ！　閉じ込めておく！」

「アンプルはっ？　注射器も持ってるはずです！」

「どこだ？」

「さ、さぁな」

すぐに変化はなかった。失敗か。Sオメガの自分はウイルスに感染しないのか。あれほど覚悟をしたのに、ここまでなのか。

そう思った次の瞬間。

「――はぁ……っ」

細胞が発火した。ふらついて蹲ると、伊坂はコンテナの隙間から五色が隠したものを見つけ出す。

「まさか……自分で自分に……？　——離れてください！　ウイルスに感染してます！」

伊坂の慌てる声を聞きながら、自分が発情していくのを感じていた。

玲。

自分の身に何が起きるかわからない恐怖の中、その存在を記憶に刷り込むようにいとおしい男の名を呼ぶ。

視界の隅に映っていた男が銃を捨てたのが見えた。他にも複数の男が、武器を手放してこちらに向かってくる。伊坂がとめようとしているが、理性を失ったアルファに言葉は通じない。

ドン、と衝撃に躰を突きあげられた。経験したことのない発情だった。

「ぁ……あ」

身をよじりながら甲板に蹲り、獣と化した男たちが自分に群がろうとしているのを、ただ見ていることしかできない。

このまま船が出航すれば、自分は獣たちのいる檻《おり》の中に閉じ込められるのだ。

武器を捨て、五色と繋がろうと走ってくるその姿は、一匹のメスを巡って争う獣だった。

襲いかかってくる男たちの目は、恐ろしいほど見開かれている。

殺し合いすらしそうだ。

「自分、だって……っ、……はぁ……っ、した、だろ……、……ぅ……ッふ」
「なんてことを……っ」

コンテナを船に積み込んでいた重機が、おかしな動きをしたかと思うと、耳を覆うほどの大きな音を立て、船の胴体部分にぶつかった。五色のフェロモンに当てられた男は、自分の仕事を放り出したらしい。

これできっと、見つけてくれる。自分がいると、気づいてくれる。

希望が見えるが、同時に絶望も顔を覗かせていた。

アルファが欲しかった。誰でもいい。血液に乗って躰を巡るのは、そんな浅ましい欲望だ。心と躰が引き裂かれる。

その時、何かが飛んできた。ゴトン、ゴトン、と重い音がしてその一つが五色のすぐ傍に転がってくる。円筒の形をしたその両側からカチリと突起が飛び出し、両側から白い煙を噴射した。辺りが濃霧に包まれる。

「なん、だ……?」

次々と乗り込んでくる軍人を見て、散布されたのが、忌避剤だとわかる。

開発途中だった。スプレータイプのものしかなかったのに、ここまで進化していたなんて。黒瀬がこのところずっと軍に入り浸っていたのは、通常の任務に加えて忌避剤の開発にも取り組んでいたからだ。

理性を取り戻した『AAsA』の連中が態勢を立て直そうとするが、黒瀬率いる軍は武装した男たちを確実に制圧していく。

「春っ！」

黒瀬の声が聞こえた。

ああ、来てくれた。安堵するとともに、理性を保つ黒瀬を見てまた無理をしたのだとわかった。黒瀬のフェロモンを使った忌避剤は、黒瀬本人には効かない。ウイルスによるオメガの発情に対し、アルファ側の抑制剤の効きが悪いとも言っていた。

五色が発情している今、大量の抑制剤を投与しなければ理性を保てないはずだ。

今回は何本打ったのだろう。躰に負担のかかることを平気でする。

「玲……っ」

自分はここだと訴えた瞬間、伊坂に襟を摑まれた。抵抗も虚しく、引きずっていかれる。

自分はここなのに。黒瀬はすぐそこまで来ているのに。

「何あの霧みたいなの。一瞬でアルファの『発情』が収まった」

「はっ、……忌避剤……だよっ、はぁ……っ、玲の……フェロモンを……っ」

「なるほどね。Sアルファのフェロモンが他のアルファの発情を抑制するってのは聞いてたけど、そんなものを開発してたなんて」

逃れようともがくが、冷たい声が頭上から降ってきた。

「でも残念だったね。忌避剤が届いてない場所では、アルファはまた発情するんだろ？　しかも僕はオメガだ。あんたの発情にはまったく影響されないんだよ」

欲しい。アルファが欲しい。

飢えなんてものではなかった。暴れ狂う肉情に躰が支配されていく。激しくのたうち回る色欲。発情がとまらない。

自分を突き破って出てこようとするものの正体がどんな姿なのか、考えただけで恐ろしかった。赤い舌を出してすべてを丸呑みにしてしまう禍々しい魔物を体内に飼っているようだ。

誰でもいいから、躰の奥で身をくねらせて欲しがる獣を宥めてほしい。奥から湧きあがる劣情の炎を消してほしい。

混乱に乗じて船を降り車のリアシートに乗せられた。運ばれているが、どこに向かっているのかわからない。

「はぁ……っ、――っく、……ぁ……あ……ぁ、……ッは」

誰かが追ってきているようには思えなかった。忌避剤が撒《ま》かれた甲板では軍の人間も理性を保っていたが、ここまで来ると再び五色のフェロモンに当てられるだろう。

せめて自力で伊坂のもとから逃げ出せればと思うが、表皮を一枚剝ぎ取られたかのように肌は敏感になっており、ほんの少し身じろぎしただけでもゾクゾクと快感が迫りあがってくる。

微かな空気のゆらめきすら、五色のすべてを知り尽くした愛撫と同じだった。

急ブレーキ。運転席に躰がぶつかる。

「ぁ……う……っ！」

「来いよ！」

ドアが開いたかと思うと再び腕を摑まれ、車から引きずり出される。アスファルトの上に転げ落ちた。何が起きているのかわからない。硬く、濡れたアスファルトが手にひんやりと心地いい。

冷たい海に飛び込めば、少しは楽になるだろうか。

「ほら、立てよ。歩け！」

「はぁ、……ぁ……あっ、……んぁ……っ」

このまま引きずっていかれると思ったが、伊坂は足をとめた。なんとか顔をあげると、伊坂の視線の先に人影が見える。

「逃げられると思うなよ」

黒瀬だった。たった一人で追ってきた。追いついた。

「さすが黒瀬さん。ここまで追ってくるなんてね」

伊坂が面白がっているのが、声からわかった。いや、勝ち誇っていると言うべきか。

「春を返してもらう。ウイルスもだ」

「返すと思う?」

「そうしたほうが身のためだぞ」

「動くと大事な人を撃つよ? 生きてさえいれば子供は作れるんだからさ、むしろ歩けなくなったほうが子作りもしやすいかも」

五色の膝に銃口を押しつけたまま、伊坂はブリーフケースを地面に置いて跪《ひざまず》いた。

「ねぇ、もう一本打ったらどうなるかな?」

武田が持ち出したアンプルの残りは九本。一本打っても、八本は持ち帰ることができる。

やめろ。やめてくれ。これ以上打たないでくれ。

抵抗したが力は入らず、あっさりと二本目を打たれる。

「あー……っ、ぁあっ、……はぁ……っ、あ、あ、あっ、――ぁあー……っ」

のたうち回るほどの衝撃に、憚らず声をあげた。

助けてくれ。誰か。躰が壊れる。躰が焼ける。熱で溶ける。

疼きが全身を覆い、心臓が暴れていた。整わない息に躰が自然と上下するが、そのわずかな動きによる刺激に全身を嬲《なぶ》られる。

「やめろ、春を……返せ」

黒瀬はふらつきながら苦しげにそうつぶやき、抑制剤を自分に叩き込んだ。立っているのがやっとなのか、数メートルしか離れていない伊坂に対し、何もできないでいる。

「つらそうだね。Sオメガのフェロモンはさすがだ。理性を保つので精一杯なんじゃないの？」

クックックックッ、と肩を震わせたかと思うと、伊坂は声をあげて高笑いを始めた。湿った空気にそれが響くのは、人気のない場所だからだろうか。

「なぁんにもできないじゃないか。そこに突っ立ってるだけ？　僕の勝ちだ」

銃を構えたのが見えた。今度は五色の膝ではなく、黒瀬を狙っている。

「やめ、ろ……っ！」

「あなたにも来てもらおうかな。SアルファとSオメガの両方を持ち帰ったら、きっとすごく喜ばれる。ウイルスも十分にある」

腕にしがみつこうとしたが、無理だった。銃声が闇に響く。

「玲……っ」

失いたくない。大事な人なのに。

目が霞《かす》んで黒瀬がどんな状態なのかすら確かめられなかった。

「玲っ、……玲っ、……っく、はぁ……、……れ……い……っ！」

黒瀬のいるほうに手を伸ばすが、足で背中を踏みつけられる。それすら五色には愉悦へ導く戯れでしかないのが悔しい。

「……ッふ、……ぅう……く、……ッは……」

「さぁ、行こうか」

触らないでくれ。これ以上、ひどいことをしないでくれ。貪欲に欲している躰に翻弄される心は、悲鳴をあげている。

「黒瀬さん、あなたにも来てもらう」

再び銃声。

お願いだから。

命乞いをするが、声にならなかった。なんとか顔をあげると、軍服が見える。地面に倒れているのがわかった。生きてさえいれば子供は作れるんだからさ——先ほど五色に向けられた言葉が蘇り、目頭が熱くなる。

「れい……」

かつて闇を抱えていた黒瀬の瞳。今は迷いのない優しさをもって、五色や子供たちを見つめる。あの瞳に、もう一度絵に描いたような平和を映してやりたい。映してほしい。

零れるような想いに嗚咽《おえつ》が漏れた瞬間——。

ゴトリ。

重量のある拳大のものが転がってきた。カチリ。白い煙が噴射される。

「き、忌避剤……っ」

伊坂の声が耳に飛び込んでくる。

たった一つだけ残っていた。いや、残していた。

辺りが白い霧に包まれるのと同時に、黒瀬が「今だ！」と無線で合図を送る。

港のほうから聞こえる走行音。闇が悲鳴をあげた。焼けたゴムの臭いがし、誰かが伊坂に飛びかかるのが見える。俊敏な動きのそれが、ずぶ濡れの武田と気づいた時、伊坂は完全に組み敷かれていた。

「――っく、……痛ぅ……っ、あなた、どうやって……っ」

「ツメが甘いな。危うく溺れるところだったが、軍がいち早く発見してくれた。観念しろ。お前さんにとって大佐は魅力的な囮《おとり》だったとはいえ、油断したな。わしはベータだ。アルファほどフェロモンは効かんよ。忌避剤一つあれば十分だ」

すべて計算だった。限られた忌避剤を有効に使うために、黒瀬は伊坂の意識を自分に引きつけておいたのだ。伊坂が五色を連れて逃げたとわかるなり、この計画を思いつき、実行した。短い時間の中で。

「――春！」

「玲……っ、……れい……っ、……はぁ……っ！」

微かな血の匂い。どこか撃たれたのかもしれない。わかっているのに、今は自分のことで精一杯だった。黒瀬に縋りつき、抱き締めてくれと躰を擦りつける。触ってくれと、脚を突っ張らせる。

「どんな様子だ？」

「先生、まずいです。春、しっかりしろ」

武田が見ていようが、関係なかった。自分がどんな姿をさらしているのかわかっていても、とめられない。自分の中の獣が限界だと、空腹を訴える。

「はぁ……っ、……ぁ……あ」

「効くかわからないが」

「ぁ……っ！」

腕を摑まれ、オメガ用の抑制剤を打たれた。伊坂には効かなかった。一ヶ月続いた。果たして自分にどの程度有効なのだろう。早く楽になりたいが、疼きは収まらない。

「効いたか？」

「いえ」

「はっ、アルファを欲しがってるなら子作りすればいい。僕たちは結局第二の性に支配されてるんだ。優秀な子を産めって神様が言ってるんだよ」

「――黙らんか！」

武田に怒鳴られても、伊坂は喘い続けた。自制できないことが伊坂の言葉を肯定しているようで、悔しい。

「そのまま待機だ」

無線でそう部下に伝えたあと、武田を促す。

「先生は伊坂を連れて戻ってください。風が出てきました」

忌避剤の効果があとどのくらいもつのだろう。発情がとまらない自分はアルファを獣に変え、ベータすら惑わす。

「規制線を張れ。誰も近づけるな」

「玲……っ、……抑制、剤……、もっと……打って、くれ……っ」

「……春」

「もっと……苦し、……ッふ、……はぁ……あ……ぁ、……っく」

舌が震え、躰の芯が熱を持ち、炎天下にさらされた氷のように理性が溶けていき、やがて蒸発する。あと数分すらもちそうになかった。

黒瀬の手に握られた抑制剤に手を伸ばすが、やんわりと制される。

「これ以上打っても無駄だ」

「玲……っ、……そんな、こと……言わな……で、くれ……っ、――頼む、から……っ」

「必要ない。俺が宥めてやると約束しただろう?」

耳元に黒瀬の熱い息がかかり、甘い戦慄が躰を駆け抜けた。

そうだ。自分が感染したら宥めてくれると、確かに約束した。そして、愛し合った。

黒瀬が爆発事故に巻き込まれそうになった日。屋敷に帰る車の中でだ。

あの時のことを思い出すと、今自分が欲しいのはアルファではなく、黒瀬ただ一人だと確信できる。肉欲を裏切るように、心が黒瀬のみを切実に欲している。

「大丈夫だ。規制線を張った。誰も来ないし、誰にも見られない」

「……っ、……玲……っ」

「欲しいのは、春。お前だけだ。お前も……そうだろう?」

頷いた。黒瀬の言葉を信じる。これは、第二の性による支配なんかではない。優秀な子供を産むために繋がるのではない。

「愛してるぞ」

熱っぽい声に心が震えた。

愛している。

これほど強く、その言葉を信じたことがあっただろうか。黒瀬だからこそ、手放しの信頼で飛び込める。

抗うのをやめるのは、悪いことではない。

呑まれる。

漠然と思いながら、五色はその悦びに舌をわななかせていた。

歓喜というにはあまりにも獰猛《どうもう》で、慟哭《どうこく》というにはあまりにも薄弱な声をあげ、黒瀬の重みを全身で受けとめる。

「春……っ、……はぁ……っ、……あずま……っ」

抑制剤を打つのをやめてしまった黒瀬のフェロモンは、ウイルスに冒された五色には格別なご馳走《ちそう》だった。互いを高めるように刺激し合い、巻き込まれていく。

だが、何もかも溶かしてしまうはずの炉の中で形を保っている礫のように、発情による熱とは異質なもの――ある思いが、五色の心に存在していた。

発情が収まった時、記憶がなくなっているかもしれない。そして、戻らないかもしれない。

今はこれほど強く求めていても、失う可能性もある。

「どう、した……?」

答えようにも、答えられなかった。言葉を探せるほど、冷静ではなかった。不安を抱えているのに、形になる前に獣のような欲望が邪魔をする。

誰のことも忘れたくないのに。

「大丈夫、だ。俺が……覚えている」

「……っ」

「俺が覚えている」

目頭が熱くなった。なぜ、わかるのだ。

「……覚えて、いるから……っ、……安心、しろ……、……ッふ、何度、でも……口説いて……やるから……」

そうだ。忘れても、黒瀬が覚えている。口説いてくれる。

子供たちと黒瀬がいれば、記憶など失ってもいいと思えてきた。一から築きあげるだけだ。たとえ忘れても、黒瀬と子供たちをもう一度愛することができる。いや、愛さずにはいられないだろう。

信頼と自信が、いつまでも形を保っていた礫をその熱で溶かしてしまう。

「そうしてくれ、玲……っ」

不安が消えた途端、発情は一気に加速する。

倉庫の隅にある簡易的な造りの事務所が、即席の二人の巣だった。ほどよい硬さのベッドも洗いたてのシーツもここにはないが、身一つあれば十分だ。

ハッ、ハッ、ハッ、と獣じみた黒瀬の息遣いを聞きながら、厚い胸板を包む軍服の上着を剝ぎ取る。

欲しいと訴えるのをやめられない。やめてはいけない。

今は己の気持ちに素直になることだけが、唯一黒瀬への誠実な応じ方だという気さえして、躊躇《ちゅうちょ》なしに求める。

「——っく、……はぁ……っ、さすがに……くるな」

軍服の下には、防弾ベストが装着されていた。かといって、衝撃を完全に吸収できるものではないと五色も知っている。下手すれば肋骨《ろっこつ》にヒビが入る。

実際、着弾した辺りが赤黒く内出血を起こしていた。開いた手くらいの痣《あざ》。痛くないはずがない。

「今すぐ……っ、治療しろだなんて……言う、なよ……、……はぁ……っ」

「……っ、い、言わない……、言わな……、ぁ……あぁ……ぁ」

痛みなど凌駕《りょうが》してしまうほどの興奮に見舞われた黒瀬は、瞳の奥に熱を宿らせていた。

なんて美しい獣だろう。

架空の生き物にでも出会ったような感動に、五色は自分の身を差し出す悦びに震えた。

誇り高き神獣の生贄《いけにえ》にされた気分だ。

「ぁ……あ」

下着ごとズボンを膝まで下ろされ、下半身が冷気にさらされる。

溢れる体液はすでに下着を濡らしていて、床に放られたそれを見て、ヨウがおねしょを した時のことを思い出し、妙に恥ずかしくなった。欲望を抑えきれず、小さな子供のお漏らしみたいに下着を汚したのだ。

その事実が、さらに五色を濡らす。

「発情、状態で……やるのは、……久し振り、だ」

黒瀬の言うとおりだった。普段は漢方でコントロールしているため、発情したまま行為に及ぶことはそうない。肉欲に任せることはあっても、理性を失っても、第二の性がもたらすものとは別のところで愛し合った。

だが、今は――。

「子供が、欲しいか……?」

「ぁ……っ、はぁ……、なに……急に……、……ぁ……っ」

「Sアルファが……産まれる、かもしれない。はぁ……、あいつらの……思うつぼだ。それでも、お前との子供なら、俺は構わない、……はぁ……っ」

そうだ。関係ない。黒瀬との子ならSアルファでもアルファでもオメガでもいい。もちろんベータでも。ウイルスに感染していようがいまいが、心ははっきりしている。

それは『発情《ヒート》』と『発情《ラット》』による繋がりかどうかにおいても、同じだった。

すでに心で繋がっている自分たちには、取るに足らないことだ。

「俺、も……っ、俺も……俺たちの……子、なら……、……はぁ……っ」

最後まで口にできずとも、黒瀬には伝わったようだ。容赦なく五色を貪りにかかる。

「玲……、……ぁ……あ……、……玲……っ、……んぁ……、……ぁあ……ぁ」

バリバリと頭から喰われるのではないかと思うほどの獰猛な息遣いが、耳元で五色を煽る。このまま喰われてもいいと思った。喰われてみたいと。

血も肉も、すべて捧《ささ》げられたらどんなにいいだろう。

喰われ、一つになり、黒瀬の中で融合したい。

「ああ……ぁ、……ッふ、……ぁ……あ……、んぁ、……はぁ」

「……あず、ま……、お前を……、お前を喰いたい」

「——んぁあ……っ！」

信じられなかった。悦びでどうにかなりそうだ。

身につけているものを次々と剝ぎ取られるが、冷えた空気がむしろ心地いいくらいで、五色が放つ熱を片っ端から奪ってくれる。この場所でなければ、血が沸騰していたかもしれない。

つ、と指で膝をなぞられたかと思うと、手をかけられ、脚を大きく開かされる。

「ぁ……」

無言で見つめてくる黒瀬の切実な視線。

鋭いまなじりに浮かぶ興奮の証しが、黒瀬の色香をより濃厚なものにしていた。普段冷静であればあるほど、それを失った時の表情は無防備で、無遠慮で、あからさまだ。

子供の純粋さにも似た、まっすぐな欲望を注いでくる。

五色の痴態に刺激されたように、黒瀬は身につけているものをすべて脱ぎ捨てた。引き締まった肉体は芸術的ですらあるが、荒々しく残るいくつもの傷痕がただの飾りものにとどまらない、真の美しさを感じさせる。

凄絶な闘いをくぐり抜けて君臨する、野性の王者のように。

「俺も……喰われ、た……、一つに……なり、た、――ぁ……っ！」

自分を握ってゆっくりと擦りあげる黒瀬を、凝視した。大きく反り返ったものは、どっしりとした重量感をもって黒瀬がSアルファであることを、見る者に知らしめる。

一度でも視線を捕まえると、二度と放そうとはしなかった。

「今日は、……すぐに……、……はぁ、……終わらないぞ」

「わかっ……て、る」

「普段どおりには、いかな……」

先端から溢れる濁りのない露は地面にしたたり、尽きることがない。それは心の奥にも、ポタポタと落ちてきた。獲物を前に舌なめずりをする獣さながらの獰猛さで、五色を狙っている。

あてがわれ、五色は発情に身を委ねた。

「うん……っ、ん……ぁ……あ、……ぁああ……っ」

ジワリと肉襞《にくひだ》を掻き分けて侵入してくるそれは、慎重に、かつ大胆に五色の体内を熱で溶かしていく。

『発情《ヒート》』と『発情《ラット》』に支配されたような激しい渦だった。

出会った時と同じだ。けれども、似ているようで違う。今二人を突き動かすアルファとオメガの血を駆り立てるのは、二人の想いに他ならない。

「ぁあ、あぁ……、……っく、……んあぁ……っ」

躰を引き裂くものはあまりにも熱く、縋りつかずにはいられなかった。壊れそうだ。壊れそうなのに、求めずにはいられない。

ウイルスに冒され、リミッターが外れたみたいな渇望に支配される。

苦しげな黒瀬の吐息が、切迫してくる。色気のある声だった。

「ぁ……っく、……春……っ、……あずま……っ」

自ら脚を大きく広げ、より深く来てくれるよういざないながら五色はある想いに突きあげられた。

この瞬間のことも、忘れてしまうかもしれない。

そう思うと、一度は記憶を失ってもいいと思ったはずなのに惜しくなった。

一から築きあげればいいと思ったのに、全部覚えていたくなった。

先ほどは不安からだったが、今は違う。深い愛情から来るものだった。愛の深さ故に手放しがたくなるのは、仕方のないことかもしれない。

「もう一度、言う……。忘れたら、今度は、……ッは、……ちゃんと、口説いてやる、……はぁ……っ」

そうだ。初めての時は、まだ心が繫っていなかった。だから、次は——。

「そ……だな。そう、だった。口説いて、くれ……、俺を……っ、……ぁ……あ、——ぁあ……っ、——んあぁぁぁ……」

より深く収められ、再び腰を引かれる。次第にリズミカルになっていく腰使いに、夢中だった。激しい目眩に襲われ、下半身から溶けていく。黒瀬と繫がった部分が、きつく収縮するのが自分でもわかった。

もっと深く。もっと。もっと奥まで。

黒瀬を喰い締めている。

あ、あ、あ、と漏れる自分の声と黒瀬の吐息を、どのくらい聞いていただろうか。音という音が、二人の吐息だけになってから、どのくらいが経っただろうか。

黒瀬の逞しい腰使いに気を失いかけた時、耳元で切実に自分を呼ぶ黒瀬の声を聞いた。

「あずま……っ」

アルファだけが持つ根元のコブがドクンと肥大する。深く結びついたまま、奥に黒瀬の熱い迸りを感じた。アルファ特有の、長い、長い、射精。

「ぁあ……ぁ、……ぁ……あっ！」

ドクン、ドクン、ドクン。

しっかりとした脈動が、繋がった部分から伝わってくる。

注がれている――そう思いながら、黒瀬をきつく締めつけ、もっと深く繋がろうと腰を擦りつけた。

一つになりたい。

溶け合って、融合して、自分たちを隔てているものをすべて取り払ってしまえたらどんなにいいか。

自分たちの気持ちがわからないうちから躰を繋いだ二人の恋。

こんなにも変化していた。

5

気がつくと、白い壁に囲まれた部屋にいた。

躰がだるくて、力が入らない。まるで何キロも泳いだかのように重いのだ。ねばりつくような重力に、起きあがるのも億劫《おっくう》になる。

それでもこのまま寝ている気になれず、ノロノロと身を起こした。

「水……」

喉が痛かった。何か喉を潤すものが欲しい。ベッドの周りを見ると、サイドテーブルに水差しとグラスがある。縁ギリギリまで注ぎ、飲み干した。

ふぅ、と息をつくと、赤く色づいた大きな楓の葉が一枚置いてあるのに気づいた。なぜ楓、と辺りを見回す。

白い部屋の中で唯一強い色を放っているからか、楓が印象づけられる。

ドアが開いた。白衣を着た男が入ってきて、咄嗟に身構える。悪意はなさそうだが、自分の置かれている状況がわからない以上、警戒心を解くことはできない。

「あんた、誰だよ?」

「お前さんの担当だよ。自分の名前は覚えておるか?」

「名前？」

思い出せない。己が何者で、ここがどこなのかさっぱりわからない。そう言うと、教えてくれた。五色春。

口にしたが、何も感じない。懐かしいとも、違和感があるとも。ただの名前だ。

自分を見ると、膝下まであるバスローブタイプの白い病衣を身につけていた。何か悪い病気なのかもしれない。

「わしの名は武田だ。お前さんには武田先生と呼ばれておった」

「武田先生、ですか」

「躰の調子を見ようか」

聴診器を当てられ、言われたとおりに深く呼吸する。脈を測られたり、目や舌を見られたり口の中を覗かれたり。ひととおり調べられる。

「お前さんはアルファ、オメガ、ベータについて知っておるか」

「第二の性ですよね」

「自分がどれに分類されておったかわかるか？」

「俺？　えー……っと」

わからない。だが、自分が特別優秀とは思えず、特別何かハンデを背負っている気もせず、思ったままを口にする。

「ベータですか？」

「Sオメガだ」

「S……なんです？」

「Sオメガ」

そんなものは聞いたことがない。騙《だま》されているのかと思ったが、それも違うようだ。

「チェスでもせんかね？」

促され、スリッパに足を突っ込んだ。部屋の隅にある白いテーブルと椅子に促され、少しだけ警戒心を解く。最初に見た時の直感を信じることにした——悪意はなさそうだ。

「本来、お前さんがやってくれたんだがな」

向かい合って座ると、武田と名乗った男が駒を並べながら言う。

「ルールは知っておるか？」

「さぁ。昔やってたんなら、やってるうちにわかるんじゃないですかね」

そう言うと、武田の顔が緩む。

「お前さんの口調は昔のままだな。本質が変わるわけではない」

左右の手に白と黒の駒を一つずつ持ち、どちらか聞かれ右と答えた。先攻。

「武田先生、俺なんでここにいるんですか？」一番小さな駒を動かした。

「自分で思い出すことだ」武田も同じ駒を動かす。

「ひでぇな」もう一つ小さな駒。

「大事なことは忘れんだろ」武田もまた小さな駒。様子見といったところか。

「そうですかね。人生そんなに甘いもんじゃないと思いますけど」負けじと同じ駒。

「だが、甘いこともあるのが人生だ」さらに同じ駒。しつこい。

「なんですかそれ」意地になってくる。

「そこは動かせんぞ。ポーンは一マスずつしか移動できない」

指摘され、別の駒を動かしてみることにする。プレイしているうちに、ルールのようなものを思い出し、勝負は展開した。だが、負けた。あっさりと。初心者だから当然だ。

「俺、もしかしてチェスのプロとかです?」

「いいや」

「よかった。もしそうなら、絶望的じゃないですか」

「どうしてだ?」

「だって……」言葉につまったのは、武田がチェスが弱いと知っていたからだ。しかも、最弱というほど。

「俺……」

「まぁ、そう焦るな。もう一度やろうか」

「じゃあ、今度は俺が並べます」

以前そうしていたのならやるべきだ。不思議とどの場所に並べればいいかわかる。開始した時の並びを覚えていたのではない。記憶の底にあったのだ。

一時間ほど武田とチェスをした。全戦全敗。こんなものかと、軽くため息をつく。

「それじゃあまたな」

「はい。どうも」

武田が部屋を出ていくと、再びベッドに入った。しかし横になる気にはならず、そのまま座った。窓の外を眺める。ほどなくして軍服姿の男が入ってきた。

「気分はどうだ？」

「どうって……」

静寂という言葉が似合う、長身の男だった。

重厚な印象の軍服で近寄りがたい雰囲気にも見えたが、なぜか懐かしい気もした。武田が入ってきた時よりも、ずっと落ち着いていられる。

知らない男を見るのが、二回目だからなのかもしれない。

「まぁ、そう悪くないです」

無口な人だ。自分を知っているのか知らないのか判断がつかない反応に、こちらもどうすればいいのかわからない。

「あなた誰ですか？」

「自分で思い出せ」

冷たい言葉をかけられたが、なぜか温かいものを感じた。命令というより、そうしたほうがお前のためだと言われている気がした。そんなものかと、用意していた次の質問を呑み込む。

病室は適度な温度に保たれていて、快適だった。暑くも寒くもない。けれども、味気ない。生きているという感じがしない。

おそらく、自分が大事なものを思い出せずにいるからだ。喜怒哀楽を刺激する何か。大事な誰か。そこまではなんとなくわかるのに、具体的に形になってくれないのが歯痒《はがゆ》い。

「座るぞ」

男はベッドの横に腰掛けた。武田とはチェスをしたが、この男は記憶を刺激するようなことは何も言ってこない。無言の時間が過ぎていく。

息苦しさは感じなかった。むしろ、心地いい。白々とした病室も、今はミルク色の光に包まれているようだった。安心できる繭の中でまどろんでいるようだ。

男の名前を思い出したくなった。観察すれば何か出てくるだろうかと、じっと眺める。

瞳の色は底なし沼のように深い色をしているが、穏やかさが漂っていた。筋の通った鼻も、結ばれた唇も硬質な印象なのに、一緒にいて肩が凝らない。リラックスしていくから不思議だ。

きっと以前もこんなふうに見ていたのだろう。記憶がなくとも、細胞の一つ一つが覚えているのか、何度も瞳に映したようにその横顔は瞳にしっくりくる。けれども、やはり思い出せない。それがとても残念だ。

「そろそろ時間だ」

「え？」

男は立ちあがると、五色の膝の上に楓の葉を載せた。

見舞いには花だろう。そう思いながら楓をつまみ、くるくると目の前で回した。病室を包む白に鮮やかな赤が映え、これもありかと思えてくる。

窓の外に目を遣ると、雪景色だ。紅葉の季節ではない。

なぜこんなものを……、と思い、目を覚ました時にサイドテーブルの上に同じものを見たのを思い出した。今もある。

「これ、あなたが持ってきたんですか？」

「ああ」

「なんです、これ」

「楓だ」

「知ってます」

対人スキルがないのかと言いたくなった。言葉を言葉どおりに受けとめる男との会話に、脱力する。質問の意図を説明するのは面倒だ。

「午後から検査だ」

「検査？」

「また来る」

「はぁ」

結局、たいした言葉も残さず、楓の葉を一枚だけ置いて男は出ていった。

一人になると、手にしたそれをもとからあった楓の葉に重ねる。赤い葉が二枚になり、色気のない白い病室の中が少しだけ華やいだように見えた。

無機質なもので囲まれているからか、それとも別の理由があるのか。

無愛想な男が残したものは、無愛想ではなかった。二枚の葉が仲睦まじく見えてきて、五色は表情を緩めた。

「綺麗だな」


病室を出た黒瀬は、二週間前のことを思い出していた。

規制線の張られた港で五色が気を失うまで愛し合い、軍の病院に運んだ。一回の発情は伊坂の時ほど長続きせず、隔離した部屋で二人きりの時間を過ごした。

その間、黒瀬が五色と何をしたのか言葉にするまでもない。

港にいる時より発情は加速し、目を覚ましている間は常に発情状態で、安らげるのは眠りについた時だけだった。番である黒瀬と存分に愛し合ったからか、予想より早く収まったのは幸いだったと言える。三日間、五色は眠り続けた。その間に採取した血液を調べ、ウイルスが躰から消えたのも確認できている。だが、懸念したことが現実となった。

病室をモニターしていたが、武田が先に病室に入った瞬間、すぐに五色の記憶が失われているとわかった。想定内だが、子供たちにそれを伝えなければならないのは、やはり心が痛む。

今ですら、五色のいない毎日をなんとか我慢して過ごしているのだから。

「どうだった?」

「思い出す気配すらないですね」

「そうか。お前さんのことは覚えておるかと期待しておったんだが。ところで伊坂はどんな様子なのか、わしが聞いてもいいか?」

「変わらずです。オメガにもかかわらず『AAsA』の考えに賛同してるんです。そう簡単に考えを改めるとも思えません」

「そうだな」

連日の取り調べにも、伊坂は口を閉ざしたままだった。『AAsA』に関する情報を引き出すチャンスだが、簡単にはいかない。両親すら気づかないほど、伊坂は自分の思想を隠してきたのだ。ハンドメイド作家という仮面を上手く被って。その徹底ぶりからして、簡単に崩せる相手でないとわかる。

「あやつはわしが生み出した怪物みたいなもんかもな」

武田が弱気な台詞を吐いた。伊坂がアルファ至上主義の思想に染まった責任を感じているのだろう。

母親にかつて愛した男がいたと知ったのは、伊坂が七歳の時のことだったらしい。そして、いまだ昔の男を引きずっていると思い込んでいたようだ。

夫人によると、確かに別れる時は未練があった。許嫁である今の夫を愛せるかどうか、自信がなかった。

けれども、今は違う。

第二の性によって結ばざるを得なかった婚姻関係を純粋な愛情溢れるものにしたのは、他の誰でもない伊坂の父親だ。彼は自分の妻となる人に好きな男がいることを知っていた。知っていて、あえて黙って彼女を愛した。彼女が心を開くまで子供は作らず、愛情を示しながらただ待った。

だからこそ、夫人も武田への気持ちを想い出に変えることができたのだ。

彼女が武田に抱いているのは、自分がオメガだったばかりに武田を苦しめた申し訳なさと、オメガの運命を嘆く気持ちをぶつけた後悔だ。もう幸せだと伝えたくとも、武田の居場所はわからない。自分のために身を引いたと知っているだけに、一人だけ曇りなく誰かを愛せるようになるのは耐えがたかったという。

だから、武田も自分を吹っ切っていてほしかった。

「母親の心に他の男がいると誤解したのは、わしのせいだ。父親を慕うあまり、わしを憎んだ。それがベータそのものを蔑む結果となって、アルファへの過剰な崇拝を生んだのだろう。本当に申し訳ないことをした。わしが行方をくらませたばかりに」

「済んだことです。伊坂の両親の言葉を信じましょう」

黒瀬は、伊坂の両親の言葉を思い出していた。

わたしたち夫婦で、あの子を導きます。だから、どうか。

伊坂が罪に問われるのは避けられない。有罪になるのは確実だ。けれども、永遠にではない。いつか罪を償って帰ってくる。

その時、両親が支えてくれるだろう。今度は息子が道を踏み外さないよう、全力を尽くすはずだ。

「そうだな。親の愛情を信じるしかないな。大佐も、あやつの記憶が戻るまで、親の愛情で乗りきるしか」

「ええ、子供たちもわかってくれます」

屋敷で五色の帰りを待つ、子供たちの顔を思い浮かべた。ママはすぐには帰れないと聞いた時の表情——。

ユウキは強がって平気だと、いつものように庭を駆け回って遊んだ。

メグはお姉さんの顔で、カナタの世話は自分に任せてと言った。

ヨウは泣きそうになりながらも、無言で頷いた。

マルオは素直にショックを表情に出したが、励まし合うようにヨウと手を繋いだ。

アルはユウキと張り合うように、平気だと言ってユウキを追いかけていった。

タキはアルを見て自分も同じだとキュッと唇を結び、メグと一緒にカナタをあやした。

まだ言葉を理解しないカナタの「マンマ」「マンマ」が耳にこびりついている。

全員がママの帰りを待っている。早く会いたいと思いながらも、我が儘《まま》を口にせず、みんなでその日を待つという姿勢に心を打たれた。強くなったのは、ならざるを得なかった経験を繰り返しているからだろう。そう思うと心が痛む。

もし、このまま記憶が戻らなくてもパパが口説くから。ちゃんと、口説いて心を解かしてみせるから。

屋敷でママの帰りを今か今かと待つ子供たちの顔を一人一人思い浮かべ、誓った。

「お前さんも大変だな」

「希望がある以上、そうとは限らないですよ、先生」

黒瀬はそう言って、病院をあとにした。


軍服の男に楓の葉を貰った翌日も、五色はまた楓を受け取った。その翌日も、またその翌日も。男は楓を一枚だけ手にし、病室に入ってくる。

まるで恋文でも送るように、部屋に来ると一枚だけ五色のベッドへ置いていくのだ。

武田のように、チェスをするでも聴診器を躰に当てるでもない。そう考えると不気味だが、なぜか男の存在を心地よく感じているのだ。

試しに寝ているふりで迎えたが、すぐに諦めて帰ろうとはせず、五色の寝顔を眺めていた。どう考えても特別な相手だとしか思えない。

いったい誰なんだという疑問は知りたいという強い思いへと育っていき、男への興味は日に日に増した。

見た目どおり軍人なのか。軍人ならやはりアルファなのか。階級章は本物なのか。毎日何をしに来ているのか。なんのために来るのか。なぜほとんど話さないのか。好きな食べものは。飲みものの好みは。番はいるのか。子供は。家族は。自分との関係は。

硬質な鎧で固めているのに、なぜそんなに穏やかな目をしているのか――。

時折、ふとほどける軍人の空気に、五色は自分との関係を心底知りたくなった。はじめは見張られているかもしれないとすら思っていたが、男が任務で自分のところに来ているとはどうしても思えないのだ。

二人で過ごす時間は会話もほとんどなく、静かだが、漂う空気に眠っている記憶が反応する。

それは釣りをしている時、小魚に餌をつつかれて浮きがピクピクと震えるような小さなものだった。それをじっと見つめている。

まだだ。まだ。もう少し。

そんなふうに待っている時間は、もどかしくてたまらない。思い出したいのに、水の中から引きあげたいのに、一気に竿《さお》を引けば逃げられそうで心臓がトクトクと鳴るのだ。

記憶は小魚のように水の中にポチャリと落ちて、スイスイと泳いでいく。なめらかな躰を翻し、光を反射して逃げていく。そうなると二度と捕らえられない気がして、竿を引く気になれない。

思い出したいと思うほど、そんな落ち着かない気持ちになる。

男は一日に複数回来ることもあった。今では楓はサイドテーブルに載りきらないほどの量になっており、バスケットを調達してもらった。

どこで探してくるのだと窓の外を見るが、やはり雪景色のままだ。

そんな日がどのくらい続いただろう。

雪で覆われた世界を勢いよく太陽が照らしはじめる頃、五色はある夢を見た。

くすくす。くすくす。うふふ。くすくす。

庭の木のうろや草むらの陰に住む妖精が、トトトトト、と小走りで病室に入ってきた。

まだ外は寒いだろうに、声を聞いているだけでぽかぽかと暖かくなる。

春を運ぶ妖精なのかもしれない。

くすくす。くすくす。うふふ。くすくす。

楽しげな声に一度目覚めかけたが、再び目を閉じた。それがすべて夢の中でのことなのか、それとも夢うつつで見た現実なのかはわからない。ただ、久し振りに充実感のある眠りだったのは確かだ。

躰が、心が、満ちていく。

翌朝、五色が目覚めるといつもと違う匂いが鼻孔を満たしていた。躰を動かすと、カサリ、と音がする。目に飛び込んできた鮮やかな赤。

驚いて身を起こすと、今度はサラサラと赤が零れた。これだけ視界を赤に染められたら毒々しくなりそうなものの落ち着いた色合いはむしろ目に優しく、懐かしさが込みあげてくる。

「……なんだこれ」

ベッドは楓の葉で埋め尽くされていた。いつの間に運び込んだのだろう。

「絨毯みたいだな」

楓の絨毯。笑みが漏れる。

ベッドから下り、素足でそれを踏みしめた。床は冷たいはずなのに、楓のおかげで心地いい。目の前に紅葉した楓の木が浮かぶ。

ハラハラと芝生の上に舞い落ちるそれは、何かを祝福しているようだ。誰もが笑顔になる。

その時、子供の笑い声がした。小さな子供だ。窓の外を見るがどこにも見当たらない。

心臓がトクトクと鳴っていた。今聞こえたのは記憶の中の声だ。たくさんの笑い声。たくさんの笑顔。満たされた時間。芝生の匂い。草木の匂い。弁当の匂い。

目頭が熱くなった。なぜなのかはわからない。ただ、胸の奥がじんわりと温かく、脳裏に浮かんだ景色をずっと保存しておきたくなった。

閉じ込めて、自分の中で愛でていたい。

いいや、それでは駄目だ。それだけでは駄目な気がする。

五色は足元の楓を両手でガサッと掴み、ふわりと放って雪のように降らせる。

また笑い声が聞こえた。懐かしい。

どうして思い出せないのだ。記憶はすぐそこまで出てきているのに。

もう一度、楓を降らせた。やはり覚えがある。楓の葉が降る中を、祝福されながら誰かと歩いた。たくさんの拍手。それは、名誉ある立場の者が浴びる喝采とは違った。

小さな手が起こす素朴な響き。ポン、ポポンッ。ポポポポンッ。弾けるように芽吹くかわいらしい花を連想させる。

春の訪れのように誰にでも用意されている、しかしその喜びを感じる心がなければ味わえない幸せ。

「……玲」

口から漏れた名前に、大粒の涙が零れた。そうだ。玲だ。彼をそう呼んでいた。次々と記憶が溢れてくる。

ユウキ。メグ。ヨウ。マルオ。アル。タキ。カナタ。

浮かんでくる子供たちの名前。宝物だ。

楓の中を歩いたのは、子供たち手作りの結婚式の時だった。深まる秋の天気のいい日に行われた。なぜ、今まで忘れていたのだろう。

「――出してくれ！」

五色はドアに飛びついた。

「誰かっ、出してくれ！　ここから出してくれ！」

部屋の外で人の声がし、看護師が三人入ってきた。落ち着くよう言われるが、感情を抑えきれず訴える。

「思い出したんだ。思い出した！」

看護師の一人が医師を呼びに戻った。落ち着いて。両側から言われながら、床に膝からくずおれる。

「お、俺の番は……っ、黒瀬玲二、……っ。子供は……っ、ユウキ、メグ、ヨウ、……っ、マ、マルオ……っ」

覚えているのに、言葉にならない。それでも必死で続けた。

「アル、タキ……ッ、……カナタ」

全員の名を口にすると、はぁ、と息を吐き、床に手をついた。楓を一枚拾い、毎日これを届けてくれた男を思い出す。

夢の中で出会った妖精は、子供たちかもしれない。ママがなかなか退院してこないから、黒瀬が連れてきたのだろう。

くすくす。くすくす。うふふ。くすくす。

耳に残る笑い声に、早く会いたくなった。一分でも。一秒でも早く。

「思い出したから、俺の家族に……っ、会わせてくれ！」

半ば錯乱したような状態で訴えていると、白衣姿の男性が慌てて入ってきた。

「武田先生」

「思い出したのかっ?」

「はい。多分、全部……」

五色は家族全員の名を口にした。思い出してない名前がないか聞くと、笑いながら顔を横に振る。ホッとした。全員思い出した。誰のことも忘れちゃいない。

「早く家に帰らせてください」

「任せておけ」

踵を返す武田の背中を眺めながら、毎日のように病室を訪れてくれた黒瀬を思い出した。言葉を重ねて記憶を蘇らせるのではなく、恋文を届けるように楓の葉を置いていった。なぜなのか、今ならわかる。

『大丈夫、だ。俺が……覚えている』

港で抱き合った時に、ウイルスによる記憶障害を恐れる五色の気持ちを察して言ったのだ。

自分が覚えていると。覚えているから安心しろと。何度でも口説いてやるからとも言った。あの言葉は嘘ではなかった。

黒瀬は約束を果たしたのだ。楓の葉は恋文であり、ああして口説いていた。

「玲……」

足元の楓を拾い、胸に当てる。黒瀬の想いがつまったもの。こんなにたくさん集めてくれた。包み込むような愛情を示すように、それは深く紅葉している。

ここを出るには複雑な手続きが必要だろう。すぐには帰れないかもしれない。でも、記憶を取り戻したのだ。何日こうしていたのかと思うと、子供たちに会いたくて気持ちが急く。

どんなに寂しい思いをしただろう。不安な思いをしただろう。

だが、もう終わりだ。二度と忘れない。

次の日。五色は屋敷に向かう車の中から外の景色をずっと眺めていた。

覚えている。これらの景色を覚えている。夜半に大雪が降って一面の銀世界と化しているが、記憶どおりの風景だ。胸がいっぱいになる。

思ったより早く帰ることができた。ただし今日は退院ではなく、外出許可という名目だ。こうなったのは、武田の力が大きい。

黒瀬は新たな任務に就いて遠方にいたが、明日には戻れるよう手配してくれた。

家族が揃う。

はやる心を抑えきれなくなった。両腕を広げて子供たちを抱き締めたい。寂しい思いをしただろうと、一人一人顔を見ながら言葉をかけたい。ママのいない日々をどう過ごしたか、一人一人の話を聞きたい。何をしてほしいか、我が儘を全部聞いてやりたい。

屋敷に到着すると、庭のほうから子供たちの笑い声が聞こえた。冬の寒さなどはねのける勢いで、雪の積もった庭で遊んでいる。五色が帰ることは内緒にしているため、いつもと同じように過ごしているらしい。シッターがよく面倒を見てくれている。

早く会いたかったのに、なぜかもったいなくて遠くから眺めていた。大事にしたい風景だ。

積もった雪の表面が溶けかかり、太陽の光を反射してキラキラしていた。今日は天気がいい。

はじめに気づいたのは、メグだった。カナタと手を繋いだまま、呆然と顔だけこちらに向けて佇《たたず》んでいる。ポカンとしているのが、遠目にもわかった。

「……ママ？」

その言葉に、ヨウとマルオとタキがこちらを振り向く。正義の味方になる訓練中だったユウキとアルも、動きをとめた。みんなすぐには行動に移さない。

「ただいま」

呼びかけたつもりだったが、声が上手く出なかった。もう一度。

「ただいま……っ。みんなただいまっ！」

両手を広げてその場に膝をつくと、子供たちがいっせいにこちらに向かってくる。まっ先に飛び込んできたのは、ユウキとアルだ。すぐにマルオとタキが追いつく。まだ思いきり走れないカナタは、メグとヨウがちゃんと連れてきてくれた。

両側から支えるように手を繫ぎ、バランスを取りながらカナタを走らせている。

「カナタ、お姉ちゃんたちと遊んでもらったのか？　そっか、よかったな」

温かそうなコートを着たカナタは、五色にしっかりと抱きついた。

「おれはママがかえってくるってしんじてたぞ！」

「おれもユウキといっしょにしゅぎょうしながらまってたんだ」

五色がいない間も、ちくちくせいじんはマメに来てくれたらしい。

「ママ、だいじょうぶ？　おけがはなおったの？　ゆだんしちゃだめよ」

メグらしい言葉に、大丈夫だと答える。ツインテールの先を巻いてくれたのは、シッターだろうか。お洒落《しゃれ》だと褒めると、タキのアイデアだという。

「そっか。タキがクルクルにしたのか。上手だな」

「うん。あのね、メグのかみをこんなふうにしてあげるの、とってもたのしい」

「ねぇ、ママ。もう……どこにも行かない？」

艶々のおかっぱを撫で、どこにも行かないと約束する。言葉が出ないマルオを見て、肉まんみたいなふわふわのほっぺを指でつついた。

「どうした？　びっくりしたのか？」

「うん、びっくりした」

「今日は一緒にご飯食べような」

「ほんと？　ママといっしょがいちばんおいしい」

一人一人と言葉を交わしたあとは一人ずつ抱き締め、目を合わせ、さらに話を聞く。寂しかったのだろう。はじめは遠慮がちだった子供たちは、競うように話しはじめる。

病室に運ばれた楓の話をすると、やはり黒瀬と子供たちの仕業だった。夢で見たと思っていた妖精の声は、子供たちのものだったのだ。

「ねぇ、パパはママがかえってきたのしってるの？」

メグに聞かれ、五色は目を細めた。

「ちゃんと知ってるぞ。お仕事を切りあげてくるって。明日になったら会えるぞ」

やっと家族が揃う。家族みんなで食卓を囲める。

ママ不在でクリスマスを過ごさせてしまったから、たくさん笑顔が零れる時間にしようと誓った。黒瀬というピースが足されれば、完璧だ。

その時、スマートフォンが鳴った。黒瀬だ。やっと声が聞ける。毎日のように来てくれていたが、記憶が戻ってから初めて言葉を交わすことになるからか、少し緊張した。

恐る恐る電話に出る。

「玲?」

『ああ、俺だ。今どこだ?』

「みんなといる。思い出したよ。全部、思い出した」

『そうか』

よかったな、とは言わなかった。わかっていたと、信じていたと言われた気分だ。

「楓を持ってきただろう。毎日」

恋文を送るように、何も言わず、黒瀬はただ楓を渡すためだけに五色に会いに来た。言葉を重ねるより、気持ちを送り続けることを選んだ。

無理に記憶を引き出すようなやり方でなかったから、思い出せたのだと思う。

「子供たちを連れてきたんだよな? 俺が寝ている間に」

『ああ。見舞いの許可がすぐに出なくてな、連れていくのが少し遅くなった』

これもいいアイデアだ。

ママが自分たちを忘れていると知ったら、子供たちは悲しんだだろう。不安に陥れることになったに違いない。だからあえて、あんな形での見舞いにしたのだ。

ママが起きないようこっそりと、楓を運ぶミッション。

「冬だってのに、どっから集めてきたんだよ。あんなに大量の楓」

『明日聞かせる』

「そうだな。明日聞けるな」

それじゃあ、と言い、電話を切った。明日になれば、会える。

翌日は朝から落ち着かなかった。

ユウキを幼稚園に送り、子供たちと過ごしながらも、どこかそわそわする。

昼過ぎになると、太陽が出てきたため外で遊んだ。キンと冷えた空気と暖かな日差し。

白く光る雪景色とともに見る子供たちの笑顔は、格別に輝いている。

「ママッ、ほらみて。ゆきだるま！」

タキに急かされ、雪が積もった庭をどんどん歩いていった。子供たちはシーツをセットしたばかりのベッドのような庭に足跡をつけて回っている。そんなキラキラと光が溢れる雪景色の中、相変わらずだらしない歩き方でこちらに向かってくる男に気づいた。

「よぉ」

「矢内さん」

「軍に規制線張らせて黒瀬とやりまくったんだって〜？」

やはり言われるだろうと思っていたが、あまりに予想どおりだったため、否定する気も失せた。

「そうですよ」

「お、開きなおりやがった」

素直に認められてつまらないのか、それ以上港でのことに触れてこなかった。

「元気そうじゃねぇか。少し痩せたがな」

「すぐに戻りますよ。昨日は子供たちとたくさん美味しいものを食べましたから。矢内さんにも随分世話になりました。ありがとうございます」

「なんだよ、改まって」

「ユウキたちの遊び相手になってくれたんでしょ」

「まぁな。ママがいつ帰ってくるかわかんねぇだろうからな。それに、わんぱくどもは力がありあまってる」

「で、今日はなんです?」

聞くと、伊坂の件で黒瀬から協力を依頼されていたらしい。ハンドメイド作家として活動していた間の人脈を中心に、『AAsA』との関連が疑われる者がいないか、調査しているという。

「軍ってのは人使い荒ぇな。ほら、署に戻るついでに予定表を持ってけだと。何がついでだよ。遠回りじゃねぇか」

抗ウイルス剤の開発はまだ途中で、今後も研究に協力しなければならない。今まで以上に軍に顔を出す機会は増えそうだ。

「矢内さん、やっぱり軍に入ったほうがいいんじゃないですか？　アルファなんだし軍にも頼りにされてるみたいだし」

「今だけだよ。軍人ってのは特有の匂いがするからな。ベータ相手の捜査は俺みたいなのがいいってだけだ」

幼稚園のお迎えの時間になると、カナタたちをシッターに預けて屋敷を出た。ユウキは仕事帰りに黒瀬が迎えに行き、街で落ち合うことになっている。

サンタさんは来てくれたらしいが、年明けのクリスマスを今夜みんなで祝う予定だ。そのためのケーキが必要だ。

メッセージのついたケーキを店で受け取ったあと待ち合わせ場所に向かうと、ユウキと手を繋いで立つ黒瀬の姿が見えた。いい光景だ。しかも目立つ。

まるで荒野の中にただ一本だけ残った喬木《きょうぼく》のように孤高で、近寄りがたい雰囲気を纏っているのに、その傍には護らなければ消えてしまうようなか弱い者がいる。慈しみを感じさせる目でユウキに話しかけるのを見ていると、胸がいっぱいになった。

誰も侵してはならない神聖な光景を見た気分になり、やっと戻ってこられたのだと改めて己の手にした幸せがいかに脆《もろ》く、儚《はかな》く、尊いものか実感した。

「ユウキ、玲」

手を挙げると、ユウキが「ママだ！」と弾けるような笑顔を見せる。

その時だった。

ものすごい勢いで黒塗りの車が走ってきた。悲鳴。まるで闘牛士が持つムレータに突進する雄牛のように、黒瀬たちのいるほうへ突っ込んでいった。

「玲……っ！」

何が起きたのかわからなかった。混乱し、すぐに動きだすことができない。

車が歩道に乗りあげて停車すると、中から男が出てくる。

男は明らかに二人を狙っていた。だが、車体の向こうに消えて状況がわからない。警護の者に制される前に、駆けだした。

「ユウキ！　玲っ！」

わずか数十メートルが長く感じた。その間に、あらゆる可能性が浮かびあがる。

伊坂は捕まった。今は軍で身柄を拘束されている。計画の続きがあったのか。事件が解決したと油断させ、気の緩んだ瞬間を狙う。

いや、違う。あそこまで手の込んだことをして、本来の計画が車で突っ込むような単純なものであるはずがない。

そしてわかった。車体の向こうから、目的は果たしたとばかりに血塗れになった男が出てきた瞬間、すべてを察した。

「……二岡」

五色の口から漏れたのは、黒瀬に前歯を折られたSアルファ。『AAsA』の施設で混乱に乗じて逃げて以来、行方不明になっていた男の名前だった。

黒瀬のいない夜を、いったいどのくらい過ごしただろう。

五色は完全に巣と化した客室のベッドでまどろんでいた。周りには黒瀬の私物がところ狭しと積みあげられていて、落ち着く。微かに香る匂いがフェロモンなのか体臭なのかわからないが、こうしていると黒瀬を感じられる。

「ん……」

うとうとしていた五色は、巣の中で身じろぎした。いい気持ちで寝ていたのに、最後に見た血塗れの姿が脳裏をよぎり、ピクリと躰が跳ねる。心臓がトクトク鳴っていた。

目を開けると、そこは普段と変わらない平和に包まれていて、あの忌ま忌ましいできごとはもう終わったのだとわかる。

窓の外は青空が広がっていて、冬の終わりを感じさせた。

指先がかじかむ朝とも、太陽が昇るにつれて下がる気温に肩をすくめる特別に寒い日とも、お別れができるだろう。厳しい季節は去り、出会いと別れの季節がやってくる。

春の足音はすぐそこまで来ていた。

「そろそろ……起きないとな」

子供たちに朝食を作る時間だ。

むくりと身を起こし、子供部屋を覗きに行く。日曜はつい気が緩んで遅くなるが、それもいいかとのんびり朝食の準備を始めた。今日は昨夜から卵液につけ込んでおいたフレンチトーストだ。じっくり火を通す間に、サラダとスープの準備をする。タコさんウインナーもつけた。

「ママ。おはよう」

「おはよう、今日は一番乗りだな」

マルオが眠そうな顔でキッチンに入ってきた。みんなまだ寝ているらしい。そろそろ起きる時間だと言うと、起こしてくると率先して動いてくれた。顔を洗い、着替え、髪をとかす。

「みんな皿並べてくれ。冷めないうちに食べたいだろ」

先にサラダとスープを運び、最後にフレンチトーストを皿に盛った。うっかりユウキのぶんまで準備してしまい、空席にも一人ぶんの朝食が並んだ。

「ま、いっか。みんな揃ったな」

全員を見渡し、いただきま～す、と声を揃える。

黒瀬のいない食卓にも、随分慣れた。子供たちと五色。ここに時折武田が混ざる。夜は矢内が来ることもあった。

二人とも子供たちが寂しいだろうと、よく顔を出してくれる。

「ママのフレンチトーストおいしい！　ぼくだいこうぶつ！」

マルオが嬉しそうに頬を赤らめた。

「ねぇ、きょうはパパのおみまいなの？　いっしょにいっちゃだめ？」

「大勢では行けないから、みんなお留守番頼むぞ、タキ」

「いいなぁ、カナタはいっしょにいけて」

めずらしくメグが本音を零した。いつもお姉さんの顔をしているが、五色不在に続いて黒瀬の入院だ。我が儘を言わないのが不思議なくらいだ。

「我慢ばっかりさせてごめんな。パパが帰ったらいっぱい甘えていいから、もう少しの辛抱な」

「うん！」

朝食を終えるとすぐに出かける準備をした。子供たちに見送られ、黒瀬が入院している軍の病院へと向かう。ご機嫌なカナタの横で窓を流れる景色を眺めながら、五色は二岡が果たした復讐《ふくしゅう》について考えていた。

思想など捨てた男のやり口は卑怯で、眉間にシワが寄る。

血塗れの二岡が車体の向こうから出てきた瞬間、五色は自分の危険など顧みず、ユウキと黒瀬の無事を確認しようと前に出た。結果、二岡に背を向けることになったが、殴られようが刺されようが構わなかった。ただ二人が無事だと確認したかった。

「――春っ！」

ユウキを庇《かば》う格好で倒れていた黒瀬は、顔が血塗れだった。背後で金属製のものが地面に落ちる音がする。

二岡は五色の警護にあっさりと取り押さえられたが、すでに目的を果たしていた。勝ち誇ったようにクックックック、と嫌な笑い声をあげる。

「ユウキ……ッ、大丈夫かっ！」

飛びついて確認すると、ユウキは躰を硬くしていたが無傷だった。震える声で「ママ、おれはへいきだ」と強がりを言う。気丈な態度がいじらしくて目頭が熱くなった。

「よかった……っ」

抱き締め、頭がくしゃくしゃになるほど撫で回す。ユウキの硬直した躰が少しずつ緩んでいくのがわかった。

「ママ、パパが……」

黒瀬が血の塊を地面に吐き捨てた。その中に、白いものがいくつか混じっている。

「ハッ、ざまぁみろ、黒瀬。お前も、俺と同じだ。Sアルファの……、能力を失った。ただのベータだ！」

黒瀬が吐き出した白いものが、歯だとわかったのはその言葉を聞いたからだ。見ると、拳に装着して攻撃力をあげるナックルダスターという武器が落ちている。黒瀬の顔面に何度も叩き込まれたそれも血塗れだった。

「これでお前も同じだ！　同じベータだ！　どんな気分だ？　自分がその他大勢になった気分はっ！　特別じゃなくなった気分はっ！」

高笑いする二岡に思想などなかった。

ただの腹いせだ。前歯を折られ、Sアルファの能力を失った。うなじを噛むことでオメガを番にできるアルファには必要不可欠なものだ。しかもSアルファは、通常のアルファと違って他のアルファがつけた証しを上書きできる能力を備えている。インプラントなどでは駄目だ。

二岡は、Sアルファとしての能力を奪われた復讐をするために黒瀬を襲ったのだ。『AsA』とは無関係に。

「玲……っ」

「大丈夫だ。ユウキが無事ならそれでいい」

「ああ、無事だ。無傷だ。玲が護ったから、傷一つ負わなかった」

前歯をすべて折られた黒瀬は、ホッとした顔を見せたあと血だまりに落ちていた自分の歯を見下ろした。二岡は目をひん剝き、声をあげてあざ笑っている。黒瀬の顔に浮かんでいたのは、怒りでも苛立ちでもない。憐《あわ》れみだ。

吹きこぼれそうな鍋に差し水をされたように、二岡の高笑いがとまった。

一瞬の静寂。

それを破ったのは、黒瀬の落ち着いた声だ。

「お前も落ちたな」

あの時のことを思い出し、五色は軽く口許を緩めた。言葉がなくても、通じ合うものがあれば十分だ。今、それを痛感している。

前歯を折られた黒瀬は、Sアルファの能力も失うだろう。特別な人間ではなくなる。

二岡はそれにより、メッキが剝がれた。国のため、未来のためとアルファ至上主義を掲げていたが、すべて虚構だとわかった。己の欲を満たすためのものでしかなかった。

けれども黒瀬は違う。

ユウキを護るために無抵抗で歯を折られた。能力ではなく、ユウキを選んだ。本当の子供ではない、けれども本当の子供として愛しているユウキを。

そのことが五色を、満ちる幸福の中にとどまらせてくれる。

「マァマ。ワンワン。マァマ」

信号待ちをしている車の横に、犬を連れた年配の男性がいた。艶やかな毛並みをした大型犬は、ゴールデンレトリバーだ。尻尾を優雅に振っている。

「本当だ、ワンワンだ。ワンワン好きか？」

「ワンワン、ワンワン」

カナタが喜んでいるのに気づいたのか、男性はこちらを見て満面の笑みを浮かべた。犬の前脚を取り、バイバイしてくれる。それがさらにカナタを喜ばせた。

車が発進しても、視線は窓から剝がれない。

「ワンワンかわいかったな」

軍の病院に着くまで、カナタはずっとご機嫌だった。それは黒瀬の病室のドアをノックしてからも同じで、キャッキャと笑い声をあげながら入ってくるカナタに、黒瀬の表情は緩んだ。

「よ、カナタ。パパのところへ来い。——よっと。重くなったな」

黒瀬はカナタを抱きあげ、ベッドに座った。

「子供たちの様子は？」

「大丈夫だよ。パパが退院してくるまでおりこうで待ってるって」

「そうか。あいつらには我慢ばかりさせてるな」

「玲が退院したら、あいつらが喜ぶことたくさんしてやろうな」

「もちろんだ。本当なら今日にでも帰りたいんだが。ここのベッドは寝心地があまりよくない。俺のサイズに合ってないのかもな」

「そうだ。ユウキは昨日から初めてのお泊まり会なんだ」

「幼稚園のか？」

「そう。あいつもいつもと違う寝心地の布団で寝たんだよなぁ」

「大騒ぎしてないといいが」

「そりゃ無理だろ。絶対枕投げとかしてるぞ。先生にあとで謝っとこ」

しばらく子供たちの話をしていたが、それまで吹いていた風がやむように、ふいに会話が途切れた。カナタはいつの間にか黒瀬の膝の上で眠っている。

言おうか言うまいか迷ったが、あえて言葉にすることも大事だ。

「見た目は今までと変わらないな。そのうちインプラントにするんだろ。差し歯のままでもいいと思うけど」

黒瀬の折られた前歯について触れたのは、今日が初めてだ。落ち込んでいる様子はないが、持っていたものを失う気持ちは本人にしかわからない。だからこそ伝えたかった。

能力なんて関係ない。

「お前は差し歯でいいのか？」

「別に、玲に不便がなければいいんじゃないか」

「俺がSアルファじゃなくなったら、上書きできないぞ」

意外だった。黒瀬がSアルファであることにこだわりがあったとは思えない。今の台詞はなんなんだと。

「いいよ。あんなことは二度とない。そうだろ？」

もしかしたら、五色が一度他の男に番にされたことが脳裏にあるのかもしれない。上書きなどというSアルファ特有の能力のおかげで五色と黒瀬は番になれたが、それを失った今、万が一のことを懸念しているのだとしたら。

「なぁ、俺は玲がSアルファじゃなくったっていい」

「お前は強いな」

「玲は違うのか？」

「春の決意はわかった。でも、残念だが……」

黒瀬はそこで言葉をとめ、五色をまっすぐに見つめてきた。真剣な目は、深い森に横たわる湖のように澄んでいる。闇が潜んでいるようには思えない。なぜそんなことを言うのかと身構えていると、黒瀬はこう続ける。

「生えてきた」

意味がわからず、眉根を寄せた。すると、もう一度言われる。

「生えてきたんだよ」

「何が？」

「歯」

「は？」

「前歯だよ」

黒瀬はサイドテーブルの抽斗から大判の封筒を取り出した。中に入っていたのは、レントゲン写真だ。前歯のあるべき場所には何もないが、歯茎の中に小さな歯のようなものが映っている。

「これ……」

「新しく生えてきた」

「新しく、生えてきた？」

「ああ、そうだ。生えてきた」

話によると、インプラントを入れる準備のためにレントゲン写真を撮ると、歯の子供のようなものが映っている。歯科医師も首を傾げ、どう対処するか検討しているうちに、歯はすくすくと育っていき、歯茎を突き破って生えてきた。

今、綺麗に揃っているのは差し歯でもインプラントでもない、紛れもなく本人のものだ。

唖然《あぜん》とした。

「あ、あんたは鮫《さめ》かっ！」

思わず突っ込むと、黒瀬は笑った。生えたばかりの白い歯を見せて。

心臓がドキドキしていた。未確認飛行物体を見た子供みたいに、信じられない事実を前に戸惑っている。

「生えてる最中は疼いて疼いて寝られなかったぞ。気持ち悪くてな」

それもそうだろう。こんな小さな状態から育ち、大人の歯として再び生え揃うまでに三週間もかかっていない。

「でもなんで？」

「さぁな。俺にもわからん」

二岡はSアルファの能力を失ったと言っていた。だから復讐心を燃やして黒瀬を狙ったのだ。命ではなく、能力を。プライドをへし折るために前歯を折った。

二岡は能力を失い、黒瀬は歯が生えてきた。

その違いはなんだろう。

疑問を口にすると、あっさりと言葉が返ってくる。

「愛だろう」

表情を変えず、きっぱりと言いきる黒瀬の言葉を繰り返した。

「愛？」

「そうだ。あいつと俺の違いは愛だ」

恥ずかしい台詞を平然と言ってのける黒瀬が憎らしい。

だが、五色もそれ以外思いつかなかった。黒瀬の五色や子供たちへの愛情。愛する者を護ろうとする気持ち。大きな差だ。

五色はフッと小さく噴いた。おかしくて、肩を震わせて笑う。

「なんか最強だよな、俺たち」

「愛に勝るものはないってことだろう」

カナタが黒瀬の腕の中で身じろぎした。口をあむあむと動かしている。楽しい夢でも見ているのだろう。

黒瀬となら、護りきれる。

ふいにそう確信した五色は両腕を開き、カナタごと黒瀬を抱き締めた。

「早く退院してこい。みんなでお祝いしような」

「ああ」

背中に回された腕が、五色を幸せで包んだ。

あとがき

こんにちは。「最強アルファと発情しすぎる花嫁」を手に取っていただき、ありがとうございます。この作品は、残念ながら休刊となったＳｐｌｕｓｈ文庫「最強アルファと発情しない花嫁」から始まりました。二見さんに拾って頂き、今回シリーズ三作目となります。本来なら誕生しなかった話だったのかもしれません。こうしてお届けできることを、心より感謝いたします。

それで、えーっと。相変わらずあとがきが苦手で何を書いていいのやら。感謝の意ばかり述べるのも……。

よっ！

はっ！

と、よく気合いを入れて行を稼いでいるのですが、そろそろ担当さんがブチ切れる頃ではないかと思いつつ……。いつまでやったら怒られるか、チキンレースのようなことをしてみたい気がしなくもなく。

とぅ！

これはユウキの気合いです。

あちょーっ！

これは私の気合いです。現在は二見さんの次の原稿を書いております。デビュー当時からお世話になっている版元さんです。そういえば、デビューしたはいいが次の仕事がなかなか決まらなかった私を拾ってくださったのも二見さんでした。ああ、二見さんの存在の大きさよ。感謝してもしきれません。

最後になりますが、イラストを担当してくださった奈良千春先生。今回も素晴らしい作品をありがとうございます。私の作った世界を何倍にも膨らませてくださる先生のアイデアにはいつも驚かされます。

それから担当様。いつもご指導ありがとうございます。今後もよろしくお願いします。

そして読者様。こんなあとがきまで読んで頂きありがとうございます。この作品が皆様に楽しい読書タイムをご提供できていれば幸いです。

中原　一也

本作品は書き下ろしです

中原一也先生、奈良千春先生へのお便り、
本作品に関するご意見、ご感想などは
〒101-8405
東京都千代田区神田三崎町2-18-11
二見書房　シャレード文庫
「最強アルファと発情しすぎる花嫁」係まで。

CHARADE BUNKO

最強《さいきょう》アルファと発情《はつじょう》しすぎる花嫁《はなよめ》

2022年7月20日　初版発行

【著者】中原一也《なかはらかずや》

【発行所】株式会社二見書房
東京都千代田区神田三崎町2-18-11
電話　03(3515)2311［営業］
　　　03(3515)2314［編集］
振替　00170-4-2639
【印刷】株式会社 堀内印刷所
【製本】株式会社 村上製本所

落丁・乱丁本はお取り替えいたします。
定価は、カバーに表示してあります。

ISBN978-4-576-22091-8

https://charade.futami.co.jp/